肖复兴 著

世间是一部活书

天地出版社 | TIANDI PRESS

目录
CONTENTS

上卷：漫谈读书

第一部分 先读后写

阅读的最初阶段，应该萌芽于童年，也就是说，童年时读的第一本书的作用力至关重要，它会是帮助你打下人生底子的书，潜移默化地影响你的一生。

谈读书 / 005

谈抄书 / 012

谈读书笔记 / 019

读书最重要的方法 / 029

读书是一种修合 / 044

读书改变人生质疑 / 047

读书破万卷质疑 / 051

第二部分 一生读书始于诗

中国是一个有着悠久历史的诗的国度，而对于孩子精神与心灵的启蒙，最好的路径莫过于诗的教化。

一生读书始于诗 / 059

少读唐诗 / 064

少读宋词 / 070

偷来的李长吉 / 075

夏日读放翁 / 079

第三部分 读书笔记

读书是要季节的，青春的清纯和心无旁骛的安静，是这样季节的两个条件。

阅读屠格涅夫 / 087

难忘泰戈尔 /092

罗曼·罗兰帮我去腥 /096

永远的新娘——读契诃夫有感 /101

走近乔伊斯 /108

犹如树木进入夜色——余华《在细雨中呼喊》读后 /111

冬夜重读史铁生 /117

《聊斋》两读 /123

下卷：漫谈写作

第四部分

写作启蒙

这不仅使我看到自己作文的种种毛病，也使我认识到文学事业的艰巨：不下大力气，不一丝不苟，是难成大气候的。

写作常谈 ——叶圣陶先生《写作常谈》给我们的启发 / 135

我的第一篇作文 / 143

那片绿绿的爬山虎 / 147

六十年间寸草心 / 152

那个多雪的冬天 / 158

投稿记 / 166

戏剧学院笔记 / 175

第五部分 写作方法论

好的结尾,从来不仅仅是做出来的,它最佳的状态,是像一股水流一样,随着文章自身的流动而流动,当行则行,当止则止。

写好一句话开始 / 189

写好一朵花开始 / 199

写好一件事开始 / 213

写好一个人开始 / 223

结尾比开头重要 / 234

写作就是写回忆 / 241

好作文是改出来的 / 246

上　卷

漫谈读书

第 一 部 分

先读后写

//
谈读书

一

我第一次自己买的书,是花一角七分钱,在家对面的邮局里买了一本《少年文艺》。那时,我大概上小学三年级,是20世纪50年代后期。那时候,邮局里的架子上摆着好多杂志,不知为什么,我选中了它。于是,我每月都到邮局里买《少年文艺》。

记得在《少年文艺》里最初看到了王路遥的《小星星》、王愿坚的《小游击队员》,和刘绍棠的《瓜棚记》,我都很爱看。

其中有美国作家马尔兹写的一篇小说,名字叫《马戏团来到了镇上》,之所以把作者和小说的名字记得这样清楚,是因为小说特别吸引我,让我怎么也忘不了:小镇上第一次来了一个马戏团,两个来自农村的穷孩子从来没看过马戏,非常想看,却没有钱,他们赶到镇上,帮着马戏团搬运东西,可以换来一张入场券,他们马不停蹄地搬了一天,晚上坐在看台上,当马戏演出的时候,他们却累得睡着了。

这是我读的第一篇外国小说,同在《少年文艺》上看到的中国小说似乎不完全一样,它没有怎么写复杂的事情,集中在一件小事上:两个孩子渴望看马戏却最终也没有看成。这样的结局,格外让我感到异样。可以说,是这篇小说带我进入文学的领地。它在我心中引起的是一种莫名的惆怅,一种夹杂着美好与痛楚之间忧郁的感觉,随着两个和我差不多大的孩子睡着而弥漫起来。应该承认,马尔兹是我文学入门的第一位老师。

那时候,在北京东单体育场用帆布搭起了一座马戏棚,在里面正演出马戏。坐在那里的时候,我想起了马尔兹的这篇小说,曾想入非非,小说结尾为什么非要让两个和我一样大小的孩子累得睡着了呢?但是,如果真的让他们看到了马戏,我还会有这样的感觉吗?我还会爱上文学并对它开始想入非非吗?

也就是从那时候开始,我忽然特别想看看以前的《少年文艺》,以前没有买到的,我在西单旧书店买到了一部分,余下没有看到的各期杂志,我特意到国子监的首都图书馆借到了它们。渴望看全全部的《少年文艺》,成了那时候的蠢蠢欲动。那些个星期天的下午,无论刮风下雨,都准时到国子监的图书馆借阅《少年文艺》的情景,至今记忆犹新。特别是国子监到了春天的时候,杨柳依依,在春雨中拂动着鹅黄色枝条的样子,仿佛就在眼前。少年时的阅读情怀,总是带着你难忘的心情和想象的,它对你的影响是一生的,是致命的。

第一本书的作用力竟然这样大,像是一艘船,载我不知不觉地并且无法抗拒地驶向远方。

二

进入了中学,我读的第一本书是《千家诗》。那是同学借我的一本清末民初的线装书,每页有一幅木版插图,和那些所选的绝句相得益彰。我将一本书从头到尾都抄了下来,记得很清楚,我是抄在了一本田字格作业本上,每天在上学的路上背诵其中的一首,那是我古典文学的启蒙。

我的中学是北京有名的汇文中学,有着一百来年的历史,图书馆里的藏书很多,许多解放以前出版的老书,藏在图书馆里面另一间储藏室里,被一把大锁紧紧地锁着。管理图书馆的高挥老师,是一个漂亮的女老师,曾经是志愿军文工团的团员,能拉一手好听的小提琴。大概看我特别爱看书吧,她便破例打开了那把大锁,让我进去随便挑书。我到现在仍然清晰地记得第一次走进那间光线幽暗的屋子里的情景,小山一样的书,杂乱无章地堆放在书架上和地上，我是第一次见到世界上居然有这样一个地方藏着这样多的书，真是被它震撼了。

从尘埋网封中翻书，是那一段时期最快乐的事情。我像是跑进深山探宝的贪心汉一样，恨不得把所有的书都揽在怀中。我就是从那里找全了冰心在解放前出版过的所有的文集，找到了应修人、潘莫华的诗集，黄庐隐、梁实秋的散文和郁达夫、柔石的小说，找到了屠格涅夫的六部长篇小说和契诃夫所有的剧本，还有泰戈尔的《新月集》《飞鸟集》和《吉檀迦利》，以及萨迪的《蔷薇园》和日本女作家壶井荣的《蒲公英》。

记得第一次从那里走出来，沾满尘土的手里拿着两本书，我忘记了是上下两卷的《盖达尔选集》，还是两本契诃夫的小说集。我们学校图书馆的规矩是每次只能够借阅一本书，大概高老师看见了我拿着这两本书舍不得放下哪一本的样子，就对我说："两本都借你了！"我喜出望外的样子，一定如同现在的孩子得到了一张心仪的歌星的演唱会的票子一样。我和高老师长达近半个世纪的友情，就是这样开始的。

那时，我沉浸在那间潮湿灰暗的屋子里，常常忘记了时间。书页散发着霉味，也常常闻不到了。不到图书馆关门，高老师在我的身后微笑着打开了电灯，我是不会离开的。那时，可笑的我，抄下了从那里借来的冰心的整本《往事》，还曾天真却是那样认真地写下了一篇长长的文章《论冰心的文学创作》，虽然一直悄悄地藏在笔记本中，到高中毕业，也没有敢给一个人看，却是我整个中学时代最认真的读书笔记和美好的珍藏了。在以后的日子里，有一年，曾经见到冰心先生，很想告诉她老人家这桩遥远的往事，想了想，没有好意思说。

三

在我初三毕业的那年暑假，我认识了我们学校的一个高三的学生，他的名字叫李园墙。那时，学校办了一个版报叫《百花》，每期的上面都有他写的《童年纪事》，像散文，又像小说。我非常喜欢读，特别想认识他。就在这年的暑假，他刚刚高考完，邀请我到了他家里，他向我推荐了萧平的《三月雪》《海滨的孩子》和《玉姑山下的故事》，借给我上下两册李青崖翻译的《莫泊桑小说选》。这是第一次知道法国还有个作家叫莫泊桑，他的《羊脂球》《我的叔叔于勒》《菲菲小姐》《月光》《一个诺曼底人》，虽然并没有完全看懂，却都让我看到小说和生活的另一面。

他说看完了再到他家里换别的书。我很感谢他，觉得他很了不起，看的书那么多，都是我不知道的。我渴望从他那里开阔视野，进入一个新的天地。

这两本书我看得很慢，几乎看了整整一个暑假，就在我看完这两本《莫泊桑小说选》，到他家还书的时候，他已经不在家了。他没有考上大学，被分配到南口农场上班去了。没有考上大学，不是因为学习成绩，而是因为他的家庭出身。

从他家走出，我的心里很怅然。莫泊桑，这个名字一下子变得很伤感。他的小说，也让我觉得弥漫起一层世事沧桑难预料的迷雾。

其实，说实在的话，有些书，我并没有看懂，只是一些似是而非的印象和感动，但最初的那些印象，却是和现实完全不同的，它让我对生活的未来充满了想象，总觉得会有什么事情一定发生，而那一切将会都是很美好的，又有着镜中花水中月那样的惆怅。我一直这样认为，青春季节的阅读，是人生之中最为美好的状态。那时，远遁尘世，又涉世未深，心思单纯，容易六根剪净，那时候的阅读，便也就容易融化在青春的血液里，镌刻在青春的生命中，让我一生受用无穷。而在这样的阅读之中，文学书籍的作用在于滋润心灵，给予温馨和美感，以及善感和敏感，是无可取代的。日后长大当然可以再来阅读这些书籍，但和青春时的阅读已是两回事，所有的感觉和吸收都是不一样的。青春季节的阅读和青春一样，都是一次性的，无法弥补。一切可以从头再来，只是安慰自己于一时的童话。

青春季节的阅读，确实是最美好的人生状态，是青春最好的保鲜和美容。但我始终以为青春的阅读，已经是较为成熟的阅读季节，阅读的最初阶段，应该萌芽于童年，也就是说，童年时读的第一本书的作用力至关重要，它会是帮助你打下人生底子的书，潜移默化地影响你的一生。

//
谈抄书

在铁路局里,姐姐年年都被评为劳动模范,奖励她的奖品,年年不同,但有一件,年年都落不了,便是都有一本笔记本。姐姐知道我喜欢在笔记本上写一些东西,抄一些东西,便把每一年得到的笔记本都送给了我。特别是上高中之后,这几本笔记本,密密麻麻,布满了我抄录的东西。五十多年过去了,硕果仅存,只剩下一本。

墨绿色的封面,精装布面,印有凸起的暗花。如今,颜色已经暗旧,磨得边角有些发白,露出了原本的布纹的纹路。时光,在它的生命里打下了粗粝的痕迹。但是,翻开它,像打开一个八音盒一样,立刻回荡着我高中读书抄书时的怦怦心音,动听的音符跳跃着，让我心动。这本硕果仅存的笔记本，像一只小船，迅速地带我划进往昔校园的回忆之中。那种感觉，就像在这本笔记里我曾经抄录过冰心的一段话说的那样："这回忆，往往把我重新放在一种特别浓郁的色、香、味之中，使我的心灵，再来一次温馨，再来一番激发。"

这本笔记本里，基本上是我在高一那一年抄录的文章——有整篇文章，有片段，有语录。居然抄录了满满的一本，一页都没有落下，没有留有空白。那时候的我胃口真大，求知的欲望真强，恨不得摘下满天的星斗和满园的花朵，统统装进这本笔记本里。

重新翻看当时的抄录，像看那时候自己幼稚的照片，非常有趣，尽管颜值不那么英俊，甚至有些潦草邋遢，但从抄录的文章和作者的阵容来看，可以看出一个高一的学生当时的所爱所恨，所思所想，可以触摸到一些自己已经遗忘的心情和对文学梦幻般的向往的轨迹。

或许，可以作为我的高一学习的备忘录吧。也或许，可以给今天的同学一份参考的篇目吧。

第一页开始抄录的是作家柯蓝的散文诗《早霞短笛》。最后一页，抄录的是殷夫的一组诗《无题》和另一首诗《是谁又……》。

下面，除去古诗文，将所抄录的现代诗文的目录摘录如下。

诗歌——

潘漠华、应修人的小诗；

郑振铎的小诗；

汪静之的《蕙的风》；

刘大白的《春问》《旧梦》《给——》《西风》；

朱自清的《煤》《光明》；

闻一多的《一句话》；

臧克家的《有的人》；

闻捷的《我思念北京》；

韩北屏的《谢赠刀》；

贺敬之的《放声歌唱》《桂林山水歌》；

戈壁舟的《延河照旧流》；

严阵的《江南曲》；

袁水拍的《论"进攻性武器"》；

山青的《在动物园里》；

任大霖的《我们院里的朋友》；

张继楼的《夏天来了虫虫飞》；

陈伯吹的《珍珠儿》；

徐迟的《幻想曲》；

于之的《小燕子》《知了》；

张书绅的《课间》《灯下》；

柯兰的《教师的歌》；

刘饶民的《大海的歌》。

散文小说——

鲁迅的《生命的路》；

叶圣陶的《春联儿》；

朱自清的《匆匆》《月朦胧，鸟朦胧，帘卷海棠红》；

冰心的《说几句爱海的孩子气的话》《笑》《梦》《樱花赞》；

许地山的《梨花》《面具》；

茅盾的《天窗》；

丰子恺的《杨柳》；

郭沫若的《丁东草》《山茶花》；

陈学昭的《法行杂记》；

郑振铎的《蝉与纺织娘》；

柯蓝的《奇妙的水乡》；

郭风的《木棉树》；

徐开垒的《竞赛》；

芦荻的《越秀远眺》；

韩少华的《序曲》；

李冠军的《夜曲》；

陈玮的《老教师》；

鞠鹏高的《锦城晚花曲》；

谢树的《雪》；

刘湛秋的《小园丁集》；

应田诗的《手——学校散歌》；

刘真的《长长的流水》；

任大霖的《打赌》《水胡鹭在叫》；

柔石的《二月》；

孙犁的《铁木前传》；

老舍的《月牙儿》；

萧平的《三月雪》。

外国文学——

泰戈尔的《吉檀迦利》《游丝集》；

萨迪的《蔷薇园》；

壶井荣的《蒲公英》；

马雅可夫斯基的《败类》。

事情过去了这么多年之后，重新翻看这些篇目，有些已经记不得了，但笔记本上那些抄写的字迹，分明是我的。其实，学习任何东西都是一样的，不可能记住所有，就像狗熊掰棒子，掰得多，丢得也多，最后抱在怀里的，只剩下一个。剩下一个，也是好的，最怕的是什么都丢掉了，一个也没有剩下。

对于我，当时全文背诵过闻捷的《我思念北京》。就是到今天，我也能够完整地讲述徐开垒的《竞赛》，韩少华的《序曲》，任大霖的《打赌》，萧平的《三月雪》，和刘真《长长的流水》里的《核桃的秘密》。我毕竟没有像狗熊一样，把掰下来的棒子全部丢掉。

特别是重新看到应修人的小诗，让我感到那么亲切，记忆依旧那么清晰并清新，仿佛就在昨天。那时，我痴迷五四时期的小诗，应该是从读了冰心的小诗《繁星》《春水》开始。应修人和潘漠华是五四时期的两位牺牲的烈士，牺牲的时候，他们一个只有三十三岁，一个只有三十二岁。我非常喜欢他们写的小诗，在这本笔记本上抄了很多。其中一首小诗名字叫作《柳》，1922年3月，应修人写的诗，全诗一共只有五行：

几来不见，
柳妹妹又换上新装了
——换得更清丽了！
可惜妹妹不像妈妈一样疼我，
妹妹，总不肯把换下的衣给我。

真的还记得当时抄录这首小诗的心情，是那样的兴奋。应修人用孩子的眼光看待春天刚刚回黄转绿的柳树,他把柳树清丽的枝条比作自己的小妹妹,是因为他想起了妈妈,想起妈妈的疼爱。他写得那么的委婉有致,将孩子的感情表达得那么的活泼俏皮,又那么的清新可爱。当时,也想,这么充满天真童心的诗人,怎么可以遭到屠杀呢?他才三十三岁呀,那么的年轻!心里真的是充满悲伤。

当然,抄录的这些文字,有些当时并没有看懂,或者是似懂非懂,或者是不懂装懂。不管怎么说,抄录下来这些文字,对于我就是一种磨炼,就像跳进了水里,不管会游泳还是不会游泳,起码扑腾了一遍,沾惹上一身水花,试探了一番水的深浅。一个孩子,就是这样在懵懵懂懂的不懂,似懂非懂中慢慢长大的。

笔记本上面的那一行行的钢笔字,尽管写得幼稚,一笔一画,却很认真呢。那上面有一个高一学生的学习和心情的密码。

谈读书笔记

回想起来，中学时代，尽管读了一些外国作家如契诃夫、屠格涅夫、赫尔岑、雨果、莫泊桑、欧·亨利、德莱赛、惠特曼等人的书，但是，更喜欢的还是中国作家的书。在中国作家中，从学校图书馆里几乎借遍了当时人民文学出版社出版的那一套五四作家的选集。当代作家中，相比较当时更出名的作家，比如当时60年代杨朔、刘白羽、秦牧的散文，李准、柳青、浩然的小说。

有意思的是，这些作家的书读后，我并没有怎么写读书笔记。我写过的读书笔记的几位作家，似乎并没有上述那些作家那么出名。

我做过这样几位作家的读书笔记——

一

　　写小说的是这样几位。

　　一位是儿童文学作家任大霖。我几乎买全了当时出版的他所有的书，包括《蟋蟀及其他》《山冈上的星》《小茶碗变成大脸盆》《我的朋友容容》，还有他的儿童诗集《我们院子里的朋友》。其中《打赌》和《渡口》两篇小说，尤其让我入迷，曾经全文抄录在我的日记本里，至今依然可以完整无缺地讲述这两个故事。

　　小哥俩吵架，哥哥一气之下离家出走，弟弟一直在渡口等哥哥回家，为看得远些，弟弟爬到一棵榆树上。傍晚的渡口很荒凉，等到半夜，弟弟睡着了。哥哥回来了，听见哥哥叫自己，弟弟一下子从一人多高的榆树上跳下来。吵架后的重逢，兄弟亲情才分外浓郁。任大霖说："渡口有些悲怆。"这是我第一次见到"悲怆"这个词，很震撼。这是只有亲身经历亲情碰撞的人，才会感到的悲怆。

　　为和伙伴打赌，敢不敢到乱坟岗子摘一朵龙爪花，"我"去了，走在夜色漆黑的半路上怕了，从夜娇娇花丛中钻出一个小姑娘杏枝，手里拿着装有半瓶萤火虫的玻璃瓶，陪"我"夜闯乱坟岗子。打赌胜利了，伙伴讽刺"我"有人陪，不算本事，唱起"夫妻两家头，吃颗蚕豆头，碰碰额角头"，嘲笑"我"。于是，又打了一次赌：敢不敢打杏枝？为证明自己不是和杏枝好，"我"竟然打了杏枝。美和美的破坏后的怅然若失，让"我"总会想起杏枝的哭声。小说最后一节，多年过后，"我"回故乡，没有见到杏枝，见到了她的哥哥长水，说起童年打赌的事，她哥哥摇头说完全不记得了，"我想这不是真话，一定是长水怕难为情，不想谈它"。成人和童年的对比，完全是两幅画，成人是写实的工笔，童年是梦幻般的写意。

读过之后，我不仅做了读书笔记，还全文抄录了这两篇小说。当时想，为什么不写"我"回乡后见到了杏枝呢？又想，真的见到了，还有意思吗？我似乎体会到了一点儿文学的感觉。因为看到这两篇小说，后来从《收获》杂志上找到了他写的《童年时代的朋友》全部文章，便深深记住了任大霖这个名字。他是陪伴我整个青春期成长的一位作家。高一的时候，《儿童文学》创刊，我在上面读到他的新作《白石榴花》和《戏迷四太婆》，虽然和他的《打赌》和《渡口》相比，明显多了当时流行的阶级斗争的色彩，但我依然非常喜欢，特别是《白石榴花》，他对孩子心理的触摸，对良善人性的描摹，觉得还是高出一般儿童文学的作品的。

二

一位是萧平。我买过一本《三月雪》，1958年作家出版社出版，里面只有六篇短篇小说，其中最有名也让我最难忘的，是《三月雪》和《玉姑山下的故事》。半个多世纪过去了，居然还保存着当年读这本书时记的笔记，记录着《三月雪》第一节开头："日记本里夹着一枝干枯了的、洁白的花。他轻轻拿起那枝花，凝视着，在他的眼前又浮现出那棵迎着早春飘散着浓郁的香气的三月雪，蓊郁的松树，松林里的烈士墓，三月雪下牺牲的刘云……"

《三月雪》和《玉姑山下的故事》，写的都是战争年代的故事。在20世纪50年代，与同时代书写战争的小说的写法不尽相同。萧平是把战争推向背景，把更多笔墨放在战争中的人性和人情之处。将战争的残酷，和人性中的微妙，有机地调和一起。浸透着战争的血痕，同时又盛开着浓郁花香的三月雪，可以说是萧平小说显著的意象，或者象征。可谓一半是火，一半是花。

两篇小说的主角，不是叱咤风云的大人或小英雄，都是小姑娘，清纯可爱，和庞大而血腥的战争，有意做着过于鲜明的对比。《三月雪》中，区委书记周浩很喜爱这个聪明伶俐的十一二岁的小姑娘，在离别前小娟孩子气地和他商量好，骗妈妈说要跟周浩一起走，走了几步，又跑回去告诉了妈妈真相，怕妈妈担心的那一段描写，让我感动，总是难忘。

《玉姑山下的故事》中的小姑娘小凤，比小娟大几岁，应该和当初读小说时的我年龄相仿。小凤与小说中的"我"发生的故事，特别是晚上的约会，"我"的渴盼，小凤没去后"我"到梨园找她时一路的心情和想象……那一番极其曲折又微妙难言的情感涟漪的泛起，将青春期男女孩子之间情窦初开的朦胧感情写得委婉有致。特别是放在战火硝烟的背景之中，这样的感情如鲜花一样开放，如春水一样流淌,却极易凋零和流逝,显得格外揪心揪肺。其异于当时流行的铁板铜钹而别具一格的阴柔风格,让我耳目一新。

小说结尾,小凤成了一名战士,骑着一匹红马从"我"身旁驰过,"我想叫住她,可是战马早已经驰过很远了。我呆呆地站在那里,望着那匹红马迎着西北风在山谷里奔驰着,最后消失在深深密林里"。让我想起任大霖《打赌》的结尾,一样没有和女主人公相见,给人留下那种怅然若失的味道,这就是那时候文学留给我的味道。

三

另一位是田涛。我从学校图书馆里,偶然借到他的短篇小说集《在外祖父家里》。全本书中都是一个叙述者小男孩以第一人称"我"的视角,叙述农村的往事,特别亲切。小说所有篇章都集中在河北平原一个叫"十里铺"的小小的村子。外祖父的梨树林、兴旺爹的瓜园、村里的甜水井、破庙改造的小学校,大人们擂油锤的油作坊和做棺材套的木场子,孩子们抽鸽子的柏树坟、捉鱼的苇塘壕沟和拾落风柴打孙军(一种游戏)的旷野……散漫的场景,像多幕剧的一个舞台,变幻着不同装置的场景,演绎着一组相同人物的悲欢离合。小说里出现的那些大妗子二妗子,和我母亲称呼老家里她的亲戚一模一样,让我感到更加亲切。

我抄录了好多精彩的段落,也写下好多的读书笔记。

他写每年七月十五给外祖母上坟，母亲都要嘱咐"我"在外祖母的坟头上哭，要不外祖父就不给梨吃。"我"就跟着大人哭。离开坟地，看见母亲的眼睛都哭红了，也不敢开口要梨吃了。这样微妙的心理，是独属于孩子的，觉得写得好玩，有趣，不是外祖母被地主逼死而怀有一腔愤恨痛哭的那种外在的描写。

他写馋嘴盼望着吃伏席，"我盼着树叶儿发黄，盼着树叶儿落，盼着那料峭的西北风快些吹来。好把这大地上的一切青色变黄，一切小虫子冻死，让那些小濠坑儿里地上的水结起带有花纹的冰片。到那时，兴旺就会坐着篷篷儿车把新娘子的花轿接过来，我们就可以伏八碟八碗的酒席了。兴旺把新娘子娶过门后，他也会带着新妗子陪我们往旷野里去拾落风柴的。想着兴旺的美事，自己仿佛都着急。"这样孩子气的描写，和当时我的心情那样相通。

他写老一辈人艰辛的日子，大舅父被外祖父赶出家门去谋生，外祖父复杂的心情描写："大舅父走后，外祖父的性格更显得冷漠。妗子们不愿同他多谈话，他也不同家里的人谈什么。每天除了走进梨树林，一棵梨树一棵梨树地数着上面的梨儿，便坐在大柏树间的窝棚里吸旱烟。有时候，他叫我陪他一同坐在柏树杈间的窝棚上，伴着他的寂寞。"把一个将万千心事都埋在心底的孤苦老人的心情，写得那样含蓄不露，蕴藉有致。那些数不清的梨树上的梨儿，那些抽不完的旱烟，都是外祖父的心情，也是"我"对外祖父的感情。这样孩子般细若海葵的笔触和情如微风的笔调，也让大人的世界在心酸之中有了难得的温情。

田涛的这本小说集，和田涛同时代的作家刘真的《长长的流水》（这本书也是我在图书馆里偶然翻到的，先是那里面的插图吸引了我，忘记是谁画的了，但黑白线描画得真是好），都是以孩子视角与心理铺陈而融入我青春期的阅读中，记忆是那样深刻，温馨，清晰如昨。在我读书笔记中，曾经将他们二位做个比较，坦率地说，尽管我也喜欢刘真，但我更喜欢更平易的田涛。

四

写散文的作家中，我喜欢韩少华、李冠军、郭风。

三位是怎么碰到的？我已经忘记是什么样的机缘巧合了。可能都是在书店或图书馆里翻书时偶然的邂逅。那时候，文学刊物不多，出版的书不多，报刊上发表的文学作品也不多。记得第一次读到韩少华的《序曲》，是在周立波主编的一本60年代散文选的书中。在这本书的序言里，周立波特别分析了《序曲》，格外瞩目。我读后，感到所言不虚，非常喜欢。至今还清晰地记得，《序曲》里那个演出前对镜理妆心情紧张的舞蹈少女，和那位为少女描眉的慈爱的老院长；记得序曲响起，大幕拉开，少女以轻盈的舞步迈进了芬芳的月色中的情景，如梦如幻。可以说，是这篇《序曲》，让我迷上了散文，原来散文还可以这样写，觉得他和当时一些散文名家的写作姿态不大一样，他似乎更重视散文的意境，更仔细经营散文的叙事而多于那时常见的抒情和结尾的升华。他几乎都是用富于情感的细节和诗意的笔触，集中在一个特定的场景和情境，细腻而温馨地书写心中的生活、情感和人物。

我开始注意韩少华这个名字，收集他写的散文。《序曲》《花的随笔》《第一课》，都抄录在日记本里，每篇散文的题目，还特意用红笔写成美术字。

买到李冠军的散文集《迟归》，完全偶然。大概是先在《少年文艺》看过他的散文，便记住了这个名字，在书店里看到这本书，便买了下来。这是一本薄薄的小册子，吸引我的地方在于，集子中的散文全部写的是校园生活，里面所写的学生和我的年龄差不多大，老师和我熟悉的人影叠印重合。至今依然清晰地记得书中第一篇文章《迟归》的开头："夜，林荫路睡了。"感觉是那样的美，格外迷人。一句普通的拟人句，在一个孩子的心里充满纯真的想象和感动。

一群下乡劳动的女学生回校已经是半夜时分，担心校门关上，无法进去回宿舍睡觉。谁想到校门开了，传达室的老大爷特意等候，出门却说："睡不着，出来看看月亮！"女孩子们谢过后跑进校园，老大爷还站在那里，望着五月的夜空。文章最后一句写道："这老人的心，当真喜欢这奶黄色的月亮？"尽管多少有些人为的痕迹，但老大爷发自内心对学生的那种良善感情，当时在我的心里漾起感动的涟漪。

已经过去了近六十年，一切恍若目前。那个五月的夜晚，那个奶黄色的月亮，那个传达室的老大爷，弥漫起一种美好的意境，总会在我的心中浮动。

忘记是高一还是高二，在东安市场的旧书店里，我买了一本郭风的《叶笛集》，只花了一角钱。这本散文诗集，收录的是郭风先生1957年冬天到1958年夏天写下的作品。

我很喜欢书中描写的红色的香蕉花、米黄色的荔枝花和月白色的橘子花，以及那"美丽的好像开花的土地"的老榕树，"腊月里蜜蜂还出来采蜜的"的故乡。那些花，和那种榕树，当时我都没有见过，郭风的描写，让我对那些花和树充满想象和向往。

我还曾经抄过、背过书里面那些散发着豆蔻香味一样的散文诗句：

> 雨点敲打着远处一大群一大群相互依偎的绵羊似的荔枝林，那林梢仿佛在冒着白色的烟雾。
>
> 云絮浮在空中，好像一只蓝酒杯中泛起的泡沫。太阳挂在空中，好像一朵发光的向日葵。
>
> 明媚得好像成熟麦穗的天空。
>
> ……

心想，只有拥有童心的人，才会有这样鱼鸟皆遂性，草木自吹香的心性，才会在笔下流淌出这样新颖而明朗的语言，才会如小孩子的心思一样充满奇思妙想，把荔枝林比作相互依偎的绵羊，把云絮比作蓝酒杯中的泡沫，把天空比作成熟的麦穗，把太阳比作一朵发光的向日葵。那样的透明、清澈，让我少年的心里充满花开一般的向往，遥远得犹如一个迷蒙的梦。

这几本书，都是薄薄的小册子。在一个孩子最初的阅读阶段，或许这样的小册子比大部头，因其内容亲近而亲切，篇章短小而精悍，更易于孩子接受和吸收，读后感想的笔记，也容易写，写得有针对性，不像大部头，如盲人摸象，一时摸不着头脑，不好下笔。

人生充满偶然，想起当初如果没有和任大霖、萧平、田涛，没有和韩少华、李冠军、郭风相逢；如果我读了他们的作品，只是读过之后就扔下了，没有做读书笔记；当然，我一样可以长大，度过整个中学时代，但我的中学时代该会是缺少了多么难忘的一段经历，没有看到多少动人而迷人的风景，也没有了我成长中的收获。这种收获，既帮助了我的写作，也帮助了我的成长。

读书最重要的方法

一

很多读者曾经问我读书有没有好的方法？

我说，读书最好的方法，就是细读，这也可以说是读书最重要的方法。当然，这是指那些你真正喜欢的而且真正有价值的书。

当你找到了这样的书之后，就应该把速度放慢，不要粗心或粗疏地去读，而是要一字一句仔细地读，去品味，去思索，去联想，去想象……

细读，是读书的一种本事，要从小加强文本细读的训练，才能让我们的这个本事不断加强。如今，我们这样细读训练的欲望不够充分，训练的方法也远远不够多而且行之有效。

　　细读的功夫，是阅读的基本功之一。我一直认为，读书的众多方法，因人而异，不必强求，但细读却是人人都要努力去做的，而且，注重从小锻炼。我一向不大赞成所谓"读书破万卷"的说法，对于一般读者，特别是对于孩子，这只是一个颇具诱惑力的口号，是难以也是没有必要完成的。对比读万卷书，对于孩子有实效的，不如认真细读几本书。俗话说得好：贪多嚼不烂。

　　细读，是读书之必须，是重点，是基础。细读，不是语文课堂上老师讲的分段，写段落大意，总结中心思想，也不仅指细致，读的次数多，而是要在这样的读书中能够有所发现，发现书中文字之间微妙的感应，文字背后潜在的秘密，文章传达的精神、思想的魅力所在。在这样的阅读中被感动，不仅感动于书中的内容，同时感动于书中文字作用于心的那些细微之处。张岱在《陶庵梦忆》中有句话："着墨无声，墨沉烟起。"沉下来之后的烟起，才是重要的，是我们所感悟到，在心中袅袅升起的。没有这样的袅袅升起，读的东西便没有价值和意义，收获就小，甚至只是过眼烟云，一散而尽。

　　读书要细，这个"细"，说着容易，做起来很难。什么叫细？头发丝这样叫细？还是跟风一样看不见叫细？多读几遍就叫细吗？这么说，还是说不清读书要细的基本东西。不如举例说明。

　　已故的老作家汪曾祺先生的短篇小说《鉴赏家》，或许能够从阅读的细这方面给予我们一些启发。

小说讲述乡间一个名叫叶三的卖水果的水果贩子，跟城里一个叫季陶民的大画家交往的故事。这个大画家家里一年四季的时令水果，都是叶三给送，所以他和画家彼此非常熟悉。有一次叶三给画家送水果，看见画家正画着一幅画，画的是紫藤，开满一纸紫色的花。画家对叶三说我刚画完紫藤，你过来看看怎么样。叶三看了这幅国画，说：画得好。画家问：怎么个好法呢？

这就要说明什么叫细了。我们特别爱说的词是：紫藤开得真是漂亮，开得真是好看，开得真是栩栩如生，开得真是五彩缤纷，开得真是如此灿烂，但是，这不叫好，更不叫细，这叫形容词，或者叫作陈词滥调。我们在最初阅读的时候，恰恰容易注意这些漂亮词语的堆砌，认为用的词儿越多，形容得才能够越生动。恰恰错了。我们还不如这叶三呢。叶三只说了这样一句话，画家立刻点头称是，叶三说：您画的这幅紫藤里有风。画家一愣，说你怎么看得出来我这紫藤里有风呢？叶三跟画家说：您画的紫藤花是乱的。

这就叫细。紫藤一树花是乱的，风在穿花而过，花才会是乱的。读书的时候，要格外注意这样的细微之处，这是作者日常生活的积累。作者在平常的日子里注意观察、捕捉到这样的细微之处，才有可能写得这样的细。细，不是只靠灵感或者才华就可以写作出来的，而是日常生活在写作中自然的转换。而对于我们读者来说，在文本阅读中读得仔细，会帮助我们在生活中观察得仔细；同样，在生活中观察得仔细，也会帮助我们在阅读中读得仔细，同时，便也会帮助我们在写作时写得细。

我们再接着读汪曾祺先生的小说。又有一次，画家画了一幅画，是传统的题材，老鼠上灯台。画完了以后，赶上叶三又送水果来，画家说你看看我老鼠上灯台怎么样。叶三看完以后，说您画的这只耗子是小耗子。画家说奇怪了，你何以分出来，说说原因。叶三就说：您看您这耗子上灯台，它的尾巴绕在灯台上好几圈，说明它顽皮，老耗子哪有这个劲头儿，能够爬到灯台上就不错了，早没有劲头儿再去绕灯台了。

什么叫作细？这就叫细。你看见耗子，我也看见耗子，你看见灯台，我也看见灯台了，但是，人家看见了耗子的尾巴在灯台上绕了好几圈，我没有看见，这就有了粗细之分。

又有一次，画家画了一整幅泼墨的墨荷，这是画家最拿手的。他在墨荷旁又画了几个莲蓬。叶三又送水果过来，画家问他画得怎么样。画家也跟小孩一样，等着表扬呢，因为叶三是他的知音呀，但是，这次叶三没表扬，他对画家说：您呀，这次画错了。画家说：我画了一辈子墨荷，都是这么画的，还没有人说我错。你说我错，我错在哪儿？叶三说我们农村有一句谚语：红花莲子白花藕，您画的这个是白荷，白莲花，还结着莲子，这就不对了，应该是开红花才对呀。画家心下佩服，他想，叶三一年四季在田间地头与农作物打交道，人家的农业生活知识比自己来得真切！画家当即在画上抹了一笔胭脂红，白莲花变成红莲花。

　　细，还在于生活的积累。没有生活知识的积累，只凭漂亮的词语是写不好文章的。叶三告诉了画家，缺乏生活知识，即使画得再细致入微，却可能是错误的，是南辕北辙的。知识是文章写作时的底气和依托。"操千曲而后晓声，观千剑而后识器"，说的就是这个道理。文字表面的细的背后，是知识的积累。这种知识，靠书本的学习，也靠生活的实践。

　　叶三的故事，让我们明白了什么叫细，细从何得来这样两个问题。阅读，不仅是单纯的文字解读，更是对文字背后意思与意义的解读。这个意思与意义，呈现在文字上面，却来源于生活里面。叶三对于生活的仔细观察和思量，让他能一眼看出画家的画作中的细节问题。如果我们能在生活中锻炼出自己敏锐而细致的眼光，那么我们肯定能够在阅读中体会到作家笔下文字的微妙之处，也能寻找出作家的精微之笔来自何处。同样，我们在读书中体会到这样细微的妙处，我们对生活便也会捕捉到细微而有趣的收获。

　　细读，锻炼我们的眼睛，让我们的眼睛能够看到文字背后的细微之处；也锻炼我们的心，让我们的心在日常生活之中能够细腻而温柔。

二

　　细读的锻炼，对于孩子，先从读短文开始，是最好的选择。

这倒不仅因为短文短小精悍，适合孩子读。更重要的是，优秀的短文，蕴含更多的艺术之道，更值得品味。冰心先生对短文情有独钟，她说她是文章"护短的人"。我也是这样一个"护短的人"。希望孩子们也能成为这样文章的"护短的人"，一定会有不一般的阅读体验和收获。

孙犁先生的《相片》是一则千字短文，如果粗看，它只是一篇写抗战之后，"我"下乡替抗属给还在前方打仗的亲人写家信的事情。但是，如果细读，我们会发现，写信这件原本平常的事情，在这里却很丰富，包含着这些抗属非常复杂的感情。因为是战争期间，这些妇女已经多年未和在前线杀敌的丈夫见面了，她们既想念丈夫，又希望丈夫在前方杀敌胜利，自己以后能过上好日子。这种复杂的心情，如何在写信中表现出来，是我们需要在细读中寻找并品味出来。

在这则短文中，孙犁先生删繁就简，写了一位妇女要寄给丈夫一张自己的相片。他看到这是张日本鬼子占领村子时逼迫人们做良民证上照的相片，便对这位妇女说：干嘛不换张相片寄去？接下来，我们要仔细读的是下面这一段的描写：

"就给他寄这个去！"她郑重地说，"叫他看一看，有敌人在，我们在家里受的什么苦楚，是什么容影！你看这里！"

她过来指着相片角上的一点白光："这是敌人的刺刀，我们哆里哆嗦在那里照相,他们站在后面拿着枪刺逼着哩。"

"叫他看看这个!"她退回去,又抬高声音说:"叫他坚决勇敢地打仗,保护着老百姓……"

这位妇女有意要把自己良民证上的相片寄给自己的丈夫,其深意正在这里。这位妇女寄这样一张特殊相片的举动,让孙犁先生敏锐地捕捉到了,写进文章里,成为文章最能打动人的最关键的细节。如果没有这个关键的细节,我们只能写成这位妇女写信要丈夫在前方勇敢杀敌,好替我们报仇!这样的写法,一定就空洞。可以看出,这样的关键细节,对于写作是多么的重要,是需要我们敏锐去捕捉的。

此外,我们还要仔细读,想一想,如果仅仅写到了良民证上的照片,没有"相片角上的一点白光",还会打动我们吗?我觉得,要欠缺好多了。"相片角上的一点白光",是从哪里来的呢?显然,是照相时日本鬼子枪上刺刀的闪动。这位妇女没有说,孙犁先生没有写,但我们一定能够想象得出来。

"相片角上的一点白光",这样的一笔,便是对这张相片具体的描写。具体,有时并不需要长篇累牍,只需要这样关键的一笔。这一笔,至关重要。我们的老师常批评我们的作文写得不够具体,就是在这样需要具体描写的地方,我们忽略了,只记得写寄照片,而少了"相片角上的一点白光",便是读得还不够细,自然,读后的收获就降低了,我们自己去写的时候,也就不容易写到了。

再举一篇贾平凹的《吃面》,也很短,不足千字,一共只有五个自然段。我们来细读,分析一下,他是怎么来写这五段的——

第一自然段,写盐汤面是陕西耀县①的特产,先介绍它的做法:"以盐为重,用十几种大料熬成调合汤,不下菜,不用醋,辣子放汪,再漂几片豆腐,吃起来特别有味。"再介绍面馆,不装修,门口只是支着案板和大锅,掌柜的不吆喝,吃客也不说话,一人端着一个大海碗,蹲在街面上吃,吃毕才说一句:"滋润!"

需要细读的是,别看一个自然段,短,介绍的两项内容都是概述,却很生动。为什么生动?就是我们要仔细读后好好想一想的地方。要仔细看他介绍盐汤面时,用的几个动词,菜前是"下",醋前是"用",辣子后是"放汪",豆腐前是"漂",无一字重复,无一字不是常见的俗字,却把各自的特点都写出来了。

再看他写面馆的掌柜的、吃客各自的动作,一个"不吆喝",一个"不说话",突然说一句"滋润",可以读出中国白描的特色和魅力,写的都是面的好吃,但他没有写一个"好吃"的词。

第二自然段,"我"十多年前吃过盐汤面,当时"我"在县城北水库写作,朋友请吃饭,下来吃过一次,吃上了瘾。便常下来

---

① 今陕西省铜川市耀州区。——编者注

吃，一次吃两碗，吃出浑身的汗。有一次，"往返走回半坡，肚子又饿了，再去县城吃，一天里吃了两次。"从一次两碗，到一天两次，都是写盐汤面不同寻常的好吃，前者是好吃的一般化，后者是好吃的加强版。细读，会发现，生动的描写，如同花香不必多一样，也不必多，从生活中捕捉到最精彩的那么一点，就可以了。

第三自然段，后来回到西安后，到大饭店吃饭，总是感觉没有吃好，吃饭时也总不再出汗，便又想起了盐汤面。这是过渡，过渡的自然，又干净利落。

第四自然段，今年夏天，"我"对一位有车的朋友说，到耀县去吃盐汤面，两个小时开车到了耀县，当年的面馆还在，"依旧没有装修，门口支着的案板和环锅。"想吃两碗，一碗就饱了，但出了一头的汗。朋友笑我命贱，为吃一碗面，跑这么远的路，光过路费就花了五十元。"我"说："有这种贱的吗？开着车，跑几小时，花五十元过路费，十几元油费，就要吃一碗面啊！"

在这里，朋友和"我"问话和反问式的对话，再次强调的，还是面的不同寻常。而再次强调到这里吃面才又出了汗，是为了和前一自然段在西安大饭店吃饭不出汗的对比。细微之处的照应，是细读这类短文时，尤其要注意的。因为文章短，尤其要细读，才能不放过一丝一毫的蛛丝马迹，才能读出文章的味道，学习到写作的门道。

最后一个自然段，就一句话："那面很便宜，一元钱一碗，现在涨价了，一碗是一元五角钱。"

为什么不再写面的好吃，而要写面的涨价？这一点，是要在细读中思考的。当然，我们可以说这里表达了作者无限的感慨，但我们还需要细究一下，是什么样的感慨呢？时光？距离？思乡？或一种"棋罢不知人换世，酒阑无奈客思家"的感喟？

短中读细，是孩子读书的一种最简便也最有效的方法。我谓之为阅读中的短跑，百米冲刺中，既有马蹄生风的快感，又有立竿见影的收获。需要注意的是，这样的短文选择，尤其重要，一定要选择精彩的。此外，一定要反复多读几遍，才能体会到细读这样的快感和乐趣。

三

细读，主要的是要读出书中所写的细节。细读和细节，注重的都是一个"细"字，两者相符相合，方才真的读出味道，获得收益。

我们来看看日本作家芥川龙之介的《橘子》，和印度作家泰戈尔的《喀布尔人》。两篇小说都不长，写的都是有关小姑娘的故事。而且，都是侧面以旁观者的视角来讲述关于小姑娘的故事。

《橘子》，是芥川龙之介的名篇，曾经被选入几代日本的小学语文课本。它是以作者"我"的视角来讲述故事。"我"和这个十三四岁脏兮兮的乡下小姑娘，在横须贺上了同一列火车。起初，小姑娘坐在"我"对面，火车刚开不久，小姑娘坐到"我"的身边来了，让"我"有些不快。然后，小姑娘又开始使劲要打开车窗，车窗终于被她打开了，煤烟也滚滚涌进来，"我"更加不快。就在这时候，前面出现了岔路口，城郊低矮寒碜的贫民区的房子出现了，在岔路口的栏杆前，站着三个身穿破烂衣裳的男孩子，他们挥着手向着火车拼命喊着什么，就看见这个小姑娘向车窗外探出半截身子，伸出生了冻疮的手，把五六个橘子向三个男孩子扔去。原来那是她的三个弟弟，来为去别处当佣人的姐姐送行。

故事就是这样的简单。作者"我"却在书中这样感叹："苍茫的暮色笼罩的镇郊的岔道，像小鸟般叫着的三个孩子，以及朝他们身上丢下来的橘子那鲜艳的颜色——这一切的一切，转瞬间就从车窗外掠过去了。但这情景却深深地铭刻在我的心中，使我几乎透不过气来。"为什么这样简单的事情，简单的一幕，让作者"我"这样铭刻在心，并这样激动不已？

我们自己读过之后，是否也能够感动？如果我们感动了，是为什么而感动？显然，我们和作者一样，也是为三个弟弟和姐姐之间的感情而感动。穷人的孩子早当家，才十三四岁的小姑娘就要离开家去给人当佣人，是为了三个幼小的弟弟。弟弟舍不得姐姐走，和姐姐相约好，到岔路口等姐姐坐的火车过来时，为姐姐送行。姐姐等待着这次与弟弟的别离，把准备好的金色橘子抛给弟弟。贫苦人家的姐弟情深，定格在火车风驰电掣掠过的那一刹那。这样一刹那的感情波澜，小说里都没有写，但我们完全可以体味得出来，比写出来还要让我们感动，让我们为弟弟们的依依不舍，为小姐姐的懂事和对弟弟的爱而感动。

没错，如果没有橘子，只是说弟弟们的依依不舍，只是说小姐姐的懂事和对弟弟的爱，说得再多，能够让我们感动吗？那些这些没有写出来的东西，即留白，像国画中的留白，留给文章想象的空间。

同样，如果有橘子，但姐姐在离开家的时候，就已经把橘子送给弟弟们了，而不是在火车掠过的那一刹那抛给弟弟的，还能让我们感动吗？所有这些没有这样写的地方，叫作节点，文章有力度，就必须有这样浓缩在最有力的一点上的地方。

这一点，就是橘子，有了橘子这样特殊的出场，小说前面所写的开始坐在"我"的对面，开车不久坐在"我"的身边，拼命使劲打开车窗……这一系列曾经令"我"不解的行动，便都有了用处。这些铺垫，就像运动员在投掷标枪前的助跑，为的是推动最后从车窗抛出橘子的有力一抛。

总的说来，选择好抛出橘子的时间，是这篇小说的关键，也就是这篇小说的核儿；而前面的铺垫也是重要的，为的是最后橘子的出场亮相更有力，更漂亮，更具有期待感；橘子抛出的瞬间，这位姐姐对弟弟的感情仿佛一下升华。

泰戈尔的小说《喀布尔人》，也是泰戈尔的名篇。它写的也是关于小姑娘的故事，是一个父亲对自己女儿的感情。同《橘子》一样，也是通过作者"我"作为这个故事的叙述者。当"我"的女儿敏妮还是一个小姑娘的时候，这一对父女就认识了常到他们家前卖货的货郎，货郎来自喀布尔的乡下，到加尔各答走街串巷卖一些零食和小玩意儿。几年过去了，"我"的女儿出嫁的那天的早晨，货郎——那个喀布尔人刚刚出狱不久，突然出现在"我"家的门前，他带来一些葡萄干和杏仁小礼物，想要见见"我"的女儿。"我"觉得不吉利，心中不安，告诉他家里正在办喜事，让他过几天再来。他很失望，把带来的礼物放下，让"我"转交给敏妮。"我"要给他钱，他忙说千万不要给他钱，他不是为了钱，他家里也有和"我"女儿一样大的女儿，他没法回家，只是特别想见见"我"的女儿。说着，他从长袍的里面掏出一张揉皱的又小又脏的纸，小心地打开纸，上面印着一个墨迹模糊的小手印。他每年到加尔各答街头卖货的时候，他自己的小女儿这个小小的手印，总带在身上，也印在他的心上。而如今，他已经八年没有见到自己的女儿了。

小说写到这里的时候，泰戈尔有这样一段描写："眼泪涌到我的眼眶里……在那遥远的山舍里他的女儿，使我想起了我的小敏妮。我立刻把敏妮从内室里叫出来，别人多方劝阻，我都不肯听。敏妮出来了，她穿着结婚的红绸衣服……"

显然，这是作者"我"的感动。同《橘子》里的"我"一样的感动，只是《橘子》里是看到姐姐从车窗抛出橘子，这里是看到了这张印着女儿小手印的纸。同"橘子"的出场方式和时间不同的是，这张纸出现在父亲离开女儿的八年之后，同时又是在敏妮出嫁的日子里。阔别的时间和距离，令人那样怅惘和无奈，别人家的女儿穿着新婚的红绸衣服，自己的女儿现在怎样呢？泰戈尔没有写，用的同样是留白。这样的对比，更让父亲的这种怅惘和无奈沉入谷底。如果选择的不是这样一个特殊的时刻，只是一个平常的日子里亮相这个小手印，一个父亲对女儿的思念之情，还能够这样特殊和深刻的吗？

我们看到了，橘子和小手印，都是小说中的细节。这样的细节，都是人物情感的寄托和象征。它们出现的节点，是作者有意为之的。小说中人物的感情就随着这些重要的细节出现而产生激荡的。而且，我们还要注意，这样的细节的运用，是有讲究的，并不是随便就让它们出场，而是出现在小说重要的节点而发生波动。橘子和小手印，这两个细节，恰恰都用在恰到好处的节骨眼上，才会让我们如此感动和难忘。

我们还需要细读的是，同样是橘子和小手印细节的出场，两位作家处理的方法却不尽相同。《橘子》里橘子出场前，是有铺垫的，但在《喀布尔人》里，没有铺垫，只是在小说的结尾处，一下子就让印着女儿小手印的那张纸出场了，有些突兀，但这种意想不到的突兀，令我们感动。如果说《橘子》里橘子出场前的铺垫如同投掷标枪前的助跑；那么《喀布尔人》里小手印的突兀出现恰如撒手锏蓦然出手，立刻一剑封喉。两种不同的方法，起到殊途同归的作用，震撼读者的心灵。

这样两种不同的写作方法，在我们的细读中，不仅会让我们感动，也会让我们提纲挈领掌握文章的命脉之处，在阅读中获得不同的乐趣。

让我们好好细读吧！其乐无穷！

//
读书是一种修合

牛津大学教授约翰·凯里,在他的《读书至乐》一书中这样说过:"读书的特别之处在于——书籍这种媒介与电影、电视媒介相比,具有不完美的缺陷。电影与电视所传递的图像几乎是完美的,看起来和它要表现的东西没有什么两样。印刷文字则不然,它们只是纸上的黑色标记,必须经过熟练读者的破译才能具有相应的意义。"

我赞同他的说法。电影和电视时代乃至网络时代的到来,使得农业时代传统的纸面阅读受到了强烈的冲击,约翰·凯里教授强调的"必须经过熟练读者的破译才能具有相应的意义",对于今天我们读书而言,格外具有现实的意义。他其实就是告诉我们,如今的读书已经成为一种能力,只有具备了这种能力,才能读出书本中相应的意义，当然还会从中感受到乐趣。这种乐趣和意义，更注重心灵与精神的层面。

只是，我们现在常常容易忽略心灵与精神，而是更加重视挣钱、获取财富或升迁的能力。阅读的能力，越来越被我们忽略，或者仅仅沦为一种应付考试的实用的能力。和前人相比，我们读书的能力已经大幅度地退步，起码和我们对财富能力的渴望与热度相比，不成比例。

但传统的纸面阅读，毕竟有着自己所不可取代的独特魅力。它古典式的宁静，和在白纸黑字之间弥散着的想象力和慰藉感，是任何其他阅读方式不可比拟的，从而成为现代生活选择的一种美好的方式。它起码让我们的情感和心绪以及心灵，有了一个与之呼应而充满着悠扬回声的空间。好书总能给予我们一个与现实相对比和对应的空间。好书总能够让我们仰起头，不再只注意自己鼻尖底下那一点点，而重新看一看头顶浩瀚的天空，太阳还在明朗朗地照耀着，只不过太阳和风雨雷电同在。不要只看见了风雨雷电就以为太阳不存在了。

我国是一个拥有热爱读书的传统的国家，读书应该成为我们民族不可或缺的内容之一，成为这个社会的良心，成为我们所有人感情、思想和精神的一种滋养。

读书确实是需要能力的，这样的能力，谁都需要学习，需要锻炼和培养。而这样的学习、锻炼和培养，首先需要跳出实用主义的泥沼，需要从孩子开始，从青春开始才行。因为读书和种庄稼一样，也是有季节性的，过了这村就没有这店。青春时读书，是最好的季节，最容易感受和吸收，最有利于孩子的自身心灵与精神的丰富和成长。回忆青春时节的读书经历和那些读过的书，便会想，如果漫长的岁月里我没有读过这些书，会是什么样的状况？也许，日子照样地过，依然活到了今天，但总觉得会缺少点什么。什么呢？我又说不清了，因为与看得见摸得着的过于实际的相比，它看不见摸不着，又不会那么实际实惠实用。细想一下，大概缺少的应该是阅读带给我的那种美感、善感和敏感，以及无穷的快感和乐趣吧？会让我的心粗糙而变成一块千疮百孔的搓脚石了吧？会让我的精神贫瘠而变成荒原一样荒芜了吧？

有这样两句古语我很喜欢，也常以此告诫自己。

一句是放翁的诗："晨炊躬稼米，夜读世藏书。"它能让我想起我们先人的读书情景，那时读书只是一种朴素的生存方式，一边煮自己躬身稼穑的米粥一边读书，而不是现在伴一杯咖啡的时髦或点缀。

另一句是北京明永乐年间开业的老药铺万全堂中的一副抱柱联："修合无人见，存心有天知。"说的虽是医德，其实也可做读书的座右铭，读书也是一种修合，不是给别人看的，也不是为别人读的，更不是为功名利禄看的。读书人的德行，心知书知，天知地知。

// //
读书改变人生质疑

如今，关于读书，有一句很流行的口号，叫作"读书改变人生"。我对这个口号很有些怀疑，一直以为和过去我们曾经批判过的"书中自有千钟粟，书中自有黄金屋，书中自有颜如玉"，其价值观颇有些相似，或者说是异曲同工。只不过，读书所要改变的人生目标有了变化——其实，变化也不大，如今讲究的娇妻、豪车、大房子，仔细对比一下，除了豪车取代了千钟粟，黄金屋和颜如玉，却是"山形依旧枕寒流"；而且，与古人以读书博取功名一样向上爬地对权势的渴望，"美人首饰王侯印"，同样彰显心里潜藏的欲望，没有本质上的变化和区别。

因此，我一直以为，如果作为读书的口号，提"读书改变人生",不如"读书丰富人生"更好些,因为前者有着明显的实用主义色彩,将读书作为人生进阶的阶梯,乃至敲门砖,将本来应该更多滋润并作用于心灵与精神的书籍,变成了改变人生的工具;把本来学科种类丰富多彩的书籍,变成了热衷扎堆于各种考级或"how to..."类或《厚黑学》,毫不遮掩地沾惹上功利和欲望的阴影,还以为是鲜花绽放的花影斑驳,芬芳四溢。

近读《聊斋》,读到其中一篇《书痴》,更坚定了我对"读书改变人生"的质疑。

《书痴》讲的是这样一则故事:一个叫郎玉柱的书生,信奉"书中自有千钟粟,书中自有黄金屋,书中自有颜如玉"这样的古训。书中自有千钟粟——他掉进古人藏粮食的地窖,却已经变成泥坑,粮食全都腐烂了。书中自有黄金屋——他取书看时,看到书中夹着一片剪纸小金屋,却是镀金的。书中自有颜如玉——这一次取《汉书》第八卷读时,见书中夹一绢纱剪成的美人,还真的就变成了鲜活的大美人,名叫颜如玉。如此,读书的三项指标,前两项没有完成,最后一项毕竟得以实现,读书真的能够多少改变人生,郎玉柱自是欢喜不已。而且,美人和他成家,还为他生了孩子,只是美人要求他必须把书全部扔掉,不再读书。郎玉柱对美人说:"书是你的家,我的命,怎么能扔呢?"美人对他说:"你的命数到了!"果然,美人一语成谶,一个姓史的县太爷欲掠其美人,杀上门来,遍查书中,却没有找到美人,一气之下,将郎玉柱家的书全部烧光。

《书痴》最精彩的是这一部分。下面的故事,则是因果报应,郎玉柱依然坚持读书,最后考取功名,中了进士,当了巡按,法办了贪官史县令,并将其妻妾据为己有——也还是读书改变人生,千钟粟、黄金屋、颜如玉,样样进账,落进旧窠臼。

如果删去这后面一节,前面所写则可以是对今日的一则醒世恒言,尽管最后结局有些极端,但对于欲望与实用主义过于张扬的所谓"读书改变人生",则真的是有些反讽之意,其与现今相关联的现代性,与《聊斋》中其他鬼魅花狐的故事,不尽相同。这位藏在《汉书》第八卷中的绢纱美人颜如玉,即使没有告诉我们读书的一些真谛,起码告诉我们,千钟粟、黄金屋、颜如玉,当然可以从书中得到,但如果读书的目的只是如此,便是得到了也可以悉数失去,不那么结实可靠。

想一想,如今,我们虽然不再说什么"书中自有千钟粟,书中自有黄金屋,书中自有颜如玉"了,但是,我们的心底里,其实还是相信的,还是渴望的。"读书改变人生"的口号,如今很是响亮。你不觉得这两者之间似曾相识吗?其中功利与实用的暗通款曲,不是很有点儿借尸还魂的味道吗?或者说是城头更换大王旗,招展一面新旗帜,召唤新一代的郎玉柱们前赴后继?自然,绢纱美人颜如玉那样的警告,便显得过于武断,过于危言耸听,不会那么中听,更不会入耳入心了。

不可否认，读书，自古以来都不会那么纯粹，读书包含着功利与欲望的因素，无可厚非；读书之中的实用主义，在越发现代化的现实生活与时代中，有着合理的成分，而且，会越发显得重要，所谓学以致用，而不是将读书变成空中楼阁，成为一种虚拟的想象存在，就像博尔赫斯所幻想的图书馆是天堂的模样一样。只要不把读书功利与欲望色彩涂抹得过于张扬而凸显就好，不要让我们真的成为《聊斋》里的这位郎玉柱，读书之后完满收获了千钟粟、黄金屋、颜如玉，三箭齐发，箭箭中的，立刻升迁为巡按，将史县令打翻在地，从学霸一跃成为物质、权力与美色的三重霸主。

我们可以说读书有助于改变人生，但我们还要说读书更可以丰富人生。改变人生，只是让我们的生活富有；丰富人生，则可以让我们的心灵半径延长，让我们的精神天空轩豁，让我们的视野开阔，走出水泥建筑遮挡住的天际线，看到遥远的地平线，能够如布罗茨基说的那样，看到"这样的地平线，象征着无穷的象形文字"。

读书破万卷质疑

现在，我越发对"行万里路，读万卷书"和"读书破万卷，下笔如有神"这样的说法感到怀疑。行万里路，一个人是可以做到的，红军在那样艰苦的环境下，都可以长征两万五千里，现在交通状况完全现代化，更是不在话下。读万卷书，对于我们普通人，恐怕要打一个问号了。作为读书的一种口号，这样的说法自然是不错的，但人这一辈子真的有必要去读万卷书吗？

少年时家穷，没有几本书。第一次见到那样多的书，而且是藏在有玻璃门的书柜里，是我到一个同学家里看到的，他父亲是当时《北京日报》的总编辑周游。那时，我真的很羡慕。渴望万卷书，坐拥书城，是少年的梦想。其实，也是那时的虚荣。

这种读书的虚荣，一直延续很久。

记得从北大荒插队回北京当老师，是四十六年前，1974年的春天，第一个月的工资，我买了一个书架，花了二十二元，那时我的工资四十二元半。这是我的第一个书架，从那时起，我便开始渴望有书将书架塞满。

十年之后，1984年，我从平房搬入楼房，买了四个书柜。那时，所有家具都不好买，每一种家具都要工业券。说起工业券，现在的年轻人会很陌生，那是上一个时代计划经济的产物，要买日常家用大一点的物品都需要工业券，越大的物品，需要的工业券数额越多。比如，买当时结婚用的"三大件"——缝纫机、自行车、大衣柜，没有一定数额的工业券是不行的。我想买书柜，但我没有那么多的工业券。一个拉平板车为顾客送货上门的壮汉，看见我在书柜前"转腰子"，走上前来和我打招呼，问我是不是想买书柜。我说是，就是没有工业券。他把我拉到门外，对我说他有办法，但每个书柜需要加十元钱。那时候，每个书柜只要六十元。我的工资从每月四十二元半涨到四十七元，但四个书柜加上加价一共将近三百元，不是个小数目。求书柜心切，我咬咬牙答应了他的加价。过了两天，他真的把四个崭新的书柜送到了我家。

有了四个新书柜，让书把书柜塞满，成了那一阵子的活儿。读书破万卷，对我依然诱惑力颇大。仔细想想，塞满四个书柜里的那些新买来的书，至今很多本都是从来没有读过的。读书的虚荣，藏在买书之中，藏在我家的四个书柜之中。

如今，几次搬家，当年买的四个书柜早被淘汰，现在有了十个书柜，买的书，藏的书，与日俱增，显得很有学问，仿佛读了那么多的书，颇像老财主藏粮藏宝一样，心里很满足。读书万卷，依然膨胀着读书的虚荣。

大概是年龄的增长，对于读书的理解，和年轻时不大一样了吧？再加上家里的书越发的多，不胜其累，便越发对读书万卷产生了怀疑。我不是藏书家，只是一个普通的作者兼读者，买来的书，是为了看的，不是为了藏的。清理旧书便迫在眉睫，发现不少书其实真的没用，既没有收藏价值，也没有阅读价值，有些根本连翻都没翻过，只是平添了日子落上的灰尘。想起曾经看过的田汉话剧《丽人行》，有这样的一个细节，丽人和一商人同居，开始时，家中的书架上，商人投其所好，摆满琳琅满目的书籍，但到了后来书架上摆满的都是丽人形形色色的高跟鞋了。心里不禁嘲笑自己，和那丽人何其相似，不少书不过也是充当了摆设而已。买书不读，书便没有什么价值。于是开始下决心，一次次处理掉那些无用的书或自己根本不看的书，然后毫不留情地把它们扔掉，连送人都不值得。

我相信很多人会和我一样，买书和藏书的过程，就是不断扔书的过程。买书、藏书和扔书并存，是一枚三棱镜，折射出的是我们自己对于书认知的影子。

现在，我越发相信，读书万卷，只是听起来一个很好听的词汇,一个颇具诱惑力的美梦,一个读书日动人的口号。我仔细清点一下,自己应该算是个读书人吧,但自己读过万卷书吗?没有。那么,为什么要相信这样虚荣的读书诱惑?为什么还要让别人也相信这样虚荣的读书口号呢?

书买来是给自己看的,不是给别人看的,正经的读书人(刨去藏书家),应该是书越看越少,越看越薄才是,再多的书中,能让你想翻第二遍的,就如同能让你想见第二遍的好女人一样少。想明白了这一点,贴满家中几面墙的十个书柜里,填鸭一般塞满的那些书,有枣一棍子没枣一棒子买来的那些书,不是你的六宫粉黛,不是你的列阵将士,不是你的秘籍珍宝,甚至连你取暖烧火用的柴火垛和如厕的擦屁股纸都不是,是真真用不了那么多的,需要毫不留情地扔掉。在扔书的过程中,我这样劝解自己,没有什么舍不得的,你不是在丢弃多年的老友和发小儿,也不是抛下结发的老妻或新欢,你只是摈弃那些虚张声势的无用之别名,和以为"书中自有颜如玉""书中自有黄金屋"的虚妄和虚荣,以及名利之间以文字涂饰的文绉绉的欲望。

我不知道别人如何,对于我,这些年扔掉的书,比书架上现存的书肯定要多。尽管这样,那些书依然占有我家整整十个书柜。下定决心,坚决扔掉那些可有可无的书,是为拥挤的家瘦身,为自己的读书正本清源。因为只有扔掉书之后,方才能够水落石出一般彰显出读书的价值和意义。一次次淘汰之后,剩下的那些书,才是与我不离不弃的，显示出它们对于我的作用是其他书无可取代的；我与它们形影不离，说明了我对它们的感情是长期日子中相互依存和彼此镜鉴的结果。这样的书，便如同由日子磨出的足下老茧，不是装点在面孔上的美人痣，为的不是好看，而是走路时有用。

　　真的，不要再相信"读书破万卷，下笔如有神""行万里路，读万卷书"一类诱惑我们的诗句和口号。与其做那读万卷书的虚荣乃至虚妄之梦，不如认真地、反复地读少一些甚至只是几本值得你读的好书。罗曼·罗兰说，人这一辈子，真正的朋友，其实就那么几个。也可以说，人这一辈子，真正影响你并对你有帮助的书，一定不是那么虚荣和虚妄的万卷，而只要那很少的几本，就足够了。

第 二 部 分

一生读书
始于诗

一生读书始于诗

在我看来,对于孩子的启蒙,我们过于偏重道德与处世。我们常常忽略的,是对孩子精神与心灵方面的滋养。因此,我们现在的孩子,过于实际、实用、实惠。

其实,中国是一个有着悠久历史的诗的国度,而对于孩子精神与心灵的启蒙,最好的路径莫过于诗的教化,不仅形象生动、易学好懂,而且,潜移默化之中、审美滋润之中,影响人的一生。过去的《千家诗》《唐诗三百首》的版本,广为流传,如今,我们却舍弃诗的教化传统,拾起《弟子规》老一套去让孩子接受,是否有些南辕北辙呢?

诗的教育,最好莫过于唐诗,唐诗里,最好莫过于绝句。以李白绝句为例,浅显流畅,充满想象,最适合孩子读。古人曾经有这样的高度评价:"太白绝句,每篇只与人别,如《闻王昌龄左迁龙标遥有此寄》《送孟浩然之广陵》等作,体格无一分形似。奇节风格,万世一人。"

上面说的两篇,都是李白写的送别诗。送别的对象不同、情景不同、背景不同、心情不同,诗便不尽相同。看看李白如何写送别诗的,又是怎么样做到"体格无一分形似"的,会让我们的孩子感受到情感的细致与别致,由此从小学会体味并珍惜情感,使一颗心变得日渐丰富与充盈起来。

比如先看《闻王昌龄左迁龙标遥有此寄》:

杨花落尽子规啼,
闻道龙标过五溪。
我寄愁心与明月,
随风直到夜郎西。

头一句写时间,是春末时分;第二句写地点。虽"杨花落尽子规啼",以景带情,又道出送别的时间,可谓一石三鸟,写出几分离愁别绪的哀婉惆怅。但最好的还是最后两句,将李白送别的感情发挥得淋漓尽致。

试想,如果将这两句改成:我寄愁心去,直到夜郎西。还会有如此效果？肯定不会。少了"月"和"风"这两样景物的衬托，感情便显单薄。在这里，"月"和"风"便显得如此举足轻重起来。"愁心"借"明月"遣怀，和"明月"融为一体，"愁心"，即所谓我们常说的看不见摸不着的抽象的心情，便有了依附，如明月一般，看得见，摸得着了。这样的心情，再随风一起飘逸，和王昌龄一起，不远千里到了贵州，该是多么动人和感人！

再来看《送孟浩然之广陵》：

> 故人西辞黄鹤楼，
> 烟花三月下扬州。
> 孤帆远影碧空尽，
> 唯见长江天际流。

同样写送别，如果同样借用长江来写心情，说我送你的心情和江水一样滚滚而流，一直伴随你到了扬州，李白就做不到"体格无一分形似"了。在这里，第一、二句同样写地点与时间，关键是后两句，李白没有用常见的比喻，而是实情实景实录，人走了，船都看不见影子了，李白还站在那里望呢，这是一种什么样的心情？所谓依依惜别，在这里定格成了一幅生动的画。

如果只有前一句"孤帆远影碧空尽"，没有下一句"唯见长江天际流"，便仅仅是单摆浮搁的送别。有了这下一句，情感才在情境之中凸现，人看不见了，船看不见了，思念却如长江之水从天边涌来，不了之情，滚滚不尽，像音乐一样，有着余音袅袅的意境。

很显然，前一句可以是一幅画；有了后一句，才成为一首诗。过于实际，让我们已经失去了李白和唐诗里情感的深切，与意境的蕴藉了。

我们还可以再来看李白的另一首送别诗《赠汪伦》，这首诗曾经选入小学课本里，更为我们耳熟能详：

> 李白乘舟将欲行，
> 忽闻岸上踏歌声。
> 桃花潭水深千尺，
> 不及汪伦送我情。

这一首，李白用了我们最爱用也是最常用的比喻，把汪伦送别之时给予李白的友情，夸张地比喻成千尺之深的潭水。

如果仅仅是这样，我觉得不会成为李白的千古绝唱，这首诗的奥妙之处，不在于比喻和夸张，在于李白把这池潭水不是写成了一般的潭水，而是写成了"桃花潭水"。虽然，只是比潭水多了"桃花"二字，却一下子神奇了起来，潭水和送别都一下子不同凡响。

或许，潭水池边，确种有桃树，即使没有桃树，因有了桃花的前置词衬于潭水之前，使得潭水有了特定的能指。我们便也可以想象，桃花盛开，一阵风过，桃花瓣瓣飘落在潭水之上，映得潭水一片嫣红。如此美景之下，汪伦出场了，踏着歌声来为李白送别，这会是一幅多么美丽的画面。这样的画面，古风悠悠，将感情巧妙地融入了斑斓的色彩之中，便超越了仅仅一般的情景交融。

试想一下，潭水之前，我们不用"桃花"一词来衬，用任何一词试试，比如"一潭池水深千尺"，或"梨花""杏花""茶花""梅花"……还会有这样诗意吗？没有了，改用任何一个别的词语，都没有桃花来得贴切和传神。这就是中国语言和中国情感表达的微妙之处。

我们守着李白，守着唐诗这样宝贵的财富，却仅仅把它们当作语文考试的题目。我们过于实际、实惠和实用，以为诗是最无用的东西，于是丢弃诗的教育。如果我们真的重视孩子的启蒙，我以为当前最需要的不是《弟子规》，也不是《论语》，从唐诗入手，才是最佳的选择。

//

少读唐诗

最早拥有的唐诗,是偷了家里五元钱买了四本书中的两本:《李白诗集》和《杜甫诗集》。那时书便宜,一本一元五分,一本七角五分。之所以选择这两本,是因为只知道李白和杜甫的诗在唐诗里最出名,"李杜文章在,光焰万丈长"嘛。除了小学里读过李白的"床前明月光,疑是地上霜。举头望明月,低头思故乡"和杜甫的"两个黄鹂鸣翠柳,一行白鹭上青天。窗含西岭千秋雪,门泊东吴万里船",对他们二位,知道得真的不多。

就这样把他们二位请回家。一个初二的学生,其实是看不大懂李白和杜甫的,就像现在的小孩子听不懂崔健和罗大佑,却还是要把他们的歌曲收入MP4或iPod里一样。这两本诗集跟随我从北京到北大荒，颠沛流离了四十七年，依然还完好地在我的身边，李白和杜甫就像我多年不离不弃的好友。

现在翻看这两本被雨水打湿留下水渍印迹和被岁月染上发黄的书页，还能清晰地看到当年一个初二学生读它们时的心迹，即使是那么的幼稚，却是那么的清纯。那些被我用鸵鸟牌天蓝色墨水画下弯弯曲曲曲线的诗句，还有我写下的自以为是的点评，并不让我感到可笑，而是让我自己感动自己，因为以后读书再没有那样的纯净透明，清澈得如同没有一点渣滓的清水。

在李白的《横江词》里，我在这样三句诗下画了曲线："一风三日吹倒山""一水牵愁万里长""涛似连天喷雪来"。一句写风，一句写水，一句写浪，三句都使用夸张的修辞方法，但一句是直接用夸张，风将山吹倒；一句则用拟人，手一般将愁牵来；一句则用比喻，把浪涛涌来比成喷雪。和那个年纪的孩子一样，我那时对诗的内容是忽略不计的，感兴趣的是词儿，希望学到一手好词汇，就像愿意穿漂亮的新衣裳一样，希望把这些好词儿穿在自己的作文上。

在《登太白峰》里，我是在"举手可近月，前行若无山"下画了线。一样，还是夸张的好词儿。

但在《赠从弟冽》里，我却在这样两联诗下画了线："楚人不识凤，重价求山鸡。""桃李寒未开，幽关岂来蹊。"李白当年怀才不遇，竟然和我共鸣。整个一个少年不识愁滋味，为赋新诗强说愁。也许，正是那个年纪的小孩子常见的心态，并不是真的懂得了李白，不过是感时花溅泪罢了。

在《夏十二登岳阳楼》里，我画下这样一句："雁引愁心去，山衔好月来。"这一句，我记忆最深，不仅因为对仗工整，每一个词用得都恰如其分，又恰到好处，一个"雁去"，一个"月来"，画面如此的清晰；一个"引"字，一个"衔"字，动词用的是那样的生动别致。更重要的是，这句诗给我一个启发，忧愁也好，苦闷也罢，一切不如意的，都会过去，而美好总还存在并一定会到来的。我就是这样鼓励自己，以至日后我到北大荒插队的时候，艰苦的环境之中，我抄下这句诗给我的同学，彼此鼓励。

在《侠客行》里，我画的诗句是："三杯吐然诺，五岳倒为轻"，就真的是我自己真心的向往了，将诺言作为吐出的吐沫钉天的星，是那时的一种情怀，也是追求的一种境界。

那时，最喜欢的李白的诗，还是《寄东鲁二稚子》。在这首诗里，我在好几句诗下画了线："南风吹归心，飞堕酒楼前。楼东一株桃，枝叶拂青烟。此树我所种，别来向三年。……"我还特别在"向"字上画了圆圈，旁边注上了一个字："近"。这是李白想念他的两个孩子的诗，写得朴素而情真。我开始明白了一点点，好词儿不是唯一，感情的真切才是重要的呢。

在《翰林读书言怀呈集贤诸学士》里，我画下这样一句"片言苟会心，掩卷忽而笑"，便是那时读李白时真实的写照了。那时读书时真的能够给予自己那么多会心的欢乐。

对于杜甫,少年时是理解不了的。虽然,课堂上学过《石壕吏》,但不认为那就是杜甫最好的诗篇。在这本《杜甫诗集》里,在《北征》等长诗里有详细的注音注解,但印象并不深,不深的原因是不懂,也不能要求一个十几岁的少年懂得那时沉郁沧桑的杜甫。

印象深的,还是杜甫对于感情的表达很真切。《后出塞》中"战伐有功业,焉能守旧丘",《月夜忆舍弟》中"露从今夜白,月是故乡明",《彭衙行》中"谁肯艰难际,豁达露心肝",《登高》中"无边落木萧萧下,不尽长江滚滚来",这样的句子下面,都被我画下了曲线。"战伐有功业,焉能守旧丘"和"谁肯艰难际,豁达露心肝",心情表达得直白明确,却那样能够让人感动;"露从今夜白,月是故乡明"和"无边落木萧萧下,不尽长江滚滚来",则那样的情景交融,那样让人难忘。

我也在《梦李白》中的"冠盖满京华,斯人独憔悴"下画了曲线,但实际上是似懂非懂的,只不过那时读了冰心的小说,其中一篇题目是"斯人独憔悴"而已。

杜甫诗中最难忘的,是《赠卫八处士》。那时全诗背诵过,但也未见得真正懂得。逐渐明白其中的含义,应该是在以后的日子里,特别是到了北大荒插队,有了一些人生的颠簸和朋友的星云流散之后,才多少明白一点"人生不相见,动如参与商""夜雨剪春韭，新炊间黄粱。主称会面难，一举累十觞"的意思。而"访旧半为鬼，惊呼热中肠"，则更是在以后，面对许多亲人相继离去的情景。"明日隔山岳，世事两茫茫"，是那一阵子我心里常有伤怀感时的感慨。但我要感谢少年之时读过背过这首诗，让我在日后的日子里心情寄托和抒发的时候，找到了对应的寄托。那不仅是诗的寄托，更是民族古老情怀与血脉的延续和继承。

有意思的是，在这本《杜甫诗集》里，夹着一小页已经发黄的纸，上面开始用红墨水笔写着写着，没水了，接着用铅笔写下的正反两面密密麻麻的小字，是我读孟郊的诗的一些感想。现在回忆起来，大概是上高中时的事情了。不知道为什么夹在这里，经历了几十年的岁月，竟然还完整无缺地保存在这里。应该说，还是要感谢《李白诗集》和《杜甫诗集》这两本书，因为对唐诗的喜爱，是从这里开始的。可以说，没有李白和杜甫，不可能有以后的孟郊。

将这一页抄录如下——

一提起"郊寒岛瘦"来，孟郊的诗可谓是瘦石巉岩，苦吟为多。"万俗皆走圆，一身犹学方""小人智虑险，平地生太行"地对人世的感慨，以及"抽壮无一线，剪怀盈千刀""触绪无新心，丛悲有余忆"的感叹，几乎在孟郊的诗集中比比皆是。但这样一位苦吟诗人也不乏清新的小诗。脍炙人口、传之于世的"春风得意马蹄疾""月明直见嵩山雪"，或者是形容那"吹霞弄日光不定,暖得曲身成直身"的炭火。但我以为,更清新的诗似乎被弄掉了。试举一例说明——《游子》一诗四句:"萱草生堂阶,游子行天涯。慈亲倚堂门,不见萱草花。"艳阳春光,堂前春草,相争而出,然而慈母却都没有看见,因为她看的不是这咫尺之近的萱草花,而是远游未归的游子。从眼前有之物,写出无限之情。

天呀,那时怎么竟是如此的自以为是,刚刚从老师那里学到一点东西,就这样激扬文字,挥斥方遒,指点起唐诗来了。

// //
少读宋词

那时，五元钱买四本书，还能剩下钱。那是四十多年前，我上初中二年级，趁着父母没在家，悄悄地打开了家里的小牛皮箱，偷了家里的五元钱，跑到大栅栏里的一家新华书店，买了四本书。回到家里，挨了爸爸的一顿打。那大概是我生平第一次挨打，我牢牢地记住了那滋味。四十多年过去了，许多书在岁月的迁徙中丢失了，这四本书却一直保存着。书的封面和里面的书页已经卷角或破损，那是青春和时光留下的纪念。

这四本书中，有一本是中华书局出版的《宋词选》，胡云翼先生选注。因为在买书之前，我刚刚在学校的图书馆里看到胡先生在20世纪30年代写过的散文，一看他不仅写散文，还选注宋词，便买下了这本书。小孩子买书，总是凭兴趣和好奇心的驱使。

我很喜欢这本《宋词选》，即使三十多年过去了，以后我还见过宋词的一些其他选本，我依然认为这个选本最有特点。特别是胡先生的前言写得很好，很详尽，又深入浅出，有自己的眼光和见识。虽然，在当时时代大背景下，里面的前言和注解有一些硬贴上去的政治色彩，但总体上选得精当，前言论述宋词发展的脉络清晰，评价得当。每位词家前面的介绍，文字不多，却学问精深，有很高的史料价值。

那时，我每天晚上读这本书上的一首宋词，然后抄在一张纸条上。第二天上学时带在衣袋里，在路上背诵。

我好长时间上学是走路，从家里到学校要走半小时，这半个小时足够把这首宋词背下来了。"无可奈何花落去，似曾相识燕归来，小园香径独徘徊。"（晏殊《浣溪沙》）"舞低杨柳楼心月，歌尽桃花扇底风。"（晏几道《鹧鸪天》）"会挽雕弓如满月，西北望，射天狼。"（苏轼《江城子》）"天涯也有江南信，梅破知春近。"（黄庭坚《虞美人》）"无奈归心，暗随流水到天涯。"（秦观《望海潮》）"九万里风鹏正举，风休住，蓬舟吹取三山去。"（李清照《渔家傲》）……多少美妙无比的宋词，都是在这上学的路上背诵下来的。有这些宋词相伴，那些个日子真是惬意得很。一张张抄满宋词的小纸条揣在我的衣袋里，沉醉在悠悠宋朝的春风、秋雨、落花、流水之中，身旁闪过车水马龙喧嚣的街景，便都熟视无睹，或都幻作宋代的勾栏瓦舍。半个小时的路，便显得短了许多，也轻快了许多。

少年不识愁滋味，正是不知天高地厚的年龄，可能是青春期的逆反心理作怪，偏偏不喜胡云翼先生在前言里推崇的柳永、周邦彦。胡先生高度评价"北宋词到柳永而一变"，又极其赞美说周邦彦是"以高度形式格律化被称为'集大成'的词人"。我不以为然，以为柳永的词有些啰唆直白，周邦彦的词又太文绉绉，有些雕琢。那时，我就是这样自以为是。那时，我喜欢辛弃疾，喜欢秦观；喜欢辛弃疾的阳刚之气，喜欢秦观的阴柔之美。

古人说："子瞻（苏轼）词胜乎情，耆卿（柳永）情胜乎词；辞情相称者，唯少游一人而已。"这评价似乎有些过，但秦观的词，那时我确实喜欢。他的《鹊桥仙》和《踏莎行》用精美的意象和朴素的词句传达了人类共同拥有的感情，那时我背得滚瓜烂熟："金风玉露一相逢，便胜却人间无数。""两情若是久长时，又岂在朝朝暮暮。""雾失楼台，月迷津渡，桃源望断无寻处。"……即使到现在依然记忆犹新。

辛弃疾的许多词句令我的心怦然而动："落日楼头，断鸿声里，江南游子，把吴钩看了，栏杆拍遍，无人会，登临意。""斫去桂婆娑，人道是，清光更多。""青山遮不住，毕竟东流去。""闲愁最苦，休去倚危栏，斜阳正在烟柳断肠处。""江头未是风波恶，别有人间行路难。""醉里挑灯看剑，梦回吹角连营。八百里分麾下炙,五十弦翻塞外声,沙场秋点兵。""何处望神州,满眼风光北固楼。千古兴亡多少事?悠悠。不尽长江滚滚流。"……

不用说,喜欢的辛弃疾的这些词,染上了我的初中二年级学生心中向往和想象的色彩,和辛弃疾一起登上建康赏心亭、赣州造口壁、京口北固楼,以及那轩窗临水、小舟行钓、春可观梅、秋可餐菊的稼轩新居。那种词句和心境合二而一的情景,大概只有在初中二年级读书时才会拥有,那些妙不可言的词句刻在青春的轨迹上,到现在也难以磨灭。

那时,我最喜欢辛弃疾的《八声甘州》一词,这是辛弃疾夜读《李广传》的感慨,其中融有太多辛弃疾自身的心迹和心声。李广抗击匈奴战功卓著,却不仅未被封侯,反倒被罢免职务,被迫自杀。这与辛弃疾抗金大志未遂而落职赋闲在家的境遇一样,词便写得感情浓重、苍老沉郁:"故将军饮罢夜归来,长亭解雕鞍。恨灞陵醉尉,匆匆未识,桃李无言。射虎山横一骑,裂石响惊弦。落魄封侯事,岁晚田间。谁向桑麻杜曲,要短衣匹马,移住南山?看风流慷慨,谈笑过残年。汉开边、功名万里,甚当时、健者也曾闲?纱窗外,斜风细雨,一阵轻寒。"

当时也不知看懂没看懂,只清晰记得读罢这首词让我心里怅然许久的是最后一句:"纱窗外,斜风细雨,一阵轻寒。"仿佛那寒冷的斜风细雨也扑打在我的窗前。其实,当时以一个少年的心情触摸老年的心事,自然难免雾中看花。世事沧桑,人生况味,只有到今天方才领悟一点点。领悟到这一点点,但已经很难再有读书时那种风雨扑窗、身临其境的情景,以及遥想历史、追寻辞章的梦幻了。这是没办法的事,人长大的过程中,得到一些东西也必然要失去一些东西,就像狗熊掰棒子,不可能把所有的棒子都抱在怀里。

偷来的李长吉

《三家评注李长吉歌诗》（中华书局1959年版）是我以前偷读的一本书。

那时候，传说毛泽东主席喜欢"三李"——李贺、李白、李商隐的诗。于是乎，李长吉便神秘诡奇起来。似乎如同能从《红楼梦》里读出阶级斗争来一样，从李长吉的诗中也可以读出神韵灵光来。

那时候，人们的心情就是这样古怪。于是，当我破例得到图书馆老师悄悄递给我的一把钥匙，像打开敌人秘密暗堡一样打开图书馆的大门，在尘埋网封的书架上见到这本书时，我就像见到果树上结有一枚硕大奇特的果子似的，馋得立刻伸手摘将下来。当时，图书馆被扫荡得七零八落，这本书居然能成为漏网之鱼，实在让人感到又兴奋又意外。我几乎毫不犹豫就把它偷出图书馆。想想它若待在图书馆里，早晚也得付之一炬，便觉得自己如绿林豪杰搭救沦落弱女子于纷飞战火之中，心中燃起莫名的得意。这本以清人王琦注本为主，兼收姚文燮、方扶南两家注本而成的三家评注李贺诗集，是迄今我所见到的最好注本。想最初翻看这本诗集，见到"黑云压城城欲摧""天若有情天亦老""我有迷魂招不得，雄鸡一声天下白"等句子时，真感到如同见到毛主席他老人家一样，好不亲切！

重新翻阅当时抄录的李长吉的诗句，是非常有意思的。居然，那些诗并非自己所写，却分明镌刻着自己青春时期的印记。岁月流逝，人事变迁，历史嬗递，那诗句却铿锵有声，与其说是李长吉的，不如说是我的怦怦心声。在时代潮流于历史册页之间，无论李长吉还是我，都显得渺小、可笑，甚至有些变形。

"少年心事当挐云""直是荆轲一片心""遥望齐州九点烟，一泓海水杯中泻""更容一夜抽千尺，别却池园数寸泥""端州石工巧如神，踏天磨刀割紫云""惟留一简书，金泥泰山顶"……最后我抄下的是"我有辞乡剑，玉锋堪截云""想君白马悬雕弓，世间何处无春风"，然后，我便辞别北京，跑到北大荒，妄想雕弓射虎、玉锋裁云去了。

这本书伴我度过了北大荒六年寒冷而寂寞的时光。有李长吉做伴，枯寂的日子也有了些许浪漫色彩。望着寂寞无边的荒原雪野、翻卷变幻的云影雾岚、火红的柞树林和黑夜中奔突的野狐狸，自己总会时时冒出些李长吉才有的奇特想象。

后来，这本书又伴我从北大荒回到北京。这时我早已青春流逝了，而李长吉似乎永远不老。家中的书越来越多，这本书显得破旧而不显眼了。但我有时还要翻翻它，一直不敢淡忘它。那里有我当初读时随手记下的笔记或记号，虽恍若隔世，却依然旧友重逢般亲切。只是再读时，心境与环境大变，而李长吉也似乎变幻成另一种物象。其实，长吉还是长吉，书还是这本书，变化的不过是自己的心境而已。

当初抄录的诗句，而今已不大喜欢，甚至觉得有些假大空之嫌，这些其实并不是长吉最好的诗。当初喜欢《马诗》，而今却喜欢《南园》；当初喜欢《金铜仙人辞汉歌》，而今却喜欢《神弦别曲》："蜀江风澹水如罗，堕兰谁泛相经过。南山桂树为君死，云衫浅污红脂花。"至于"今日菖蒲花，明朝枫树老。""帘外花开二月风，台前泪滴千行竹。""天河夜转漂回星，银浦流云学水声。"……简直又觉得好像不是长吉之作。

世人皆称长吉为鬼才，其诗多怪，唯朱熹说他的诗巧。以往并不以为然，今天才觉得朱子之说极是。"天遣裁诗花作骨"，长吉的诗，也许我读到现在，才读出一点味道，读出他的一点风骨。

这本书伴我已经四十多个年头，而李长吉却只活到二十六岁。每每再读，便觉得冥冥中确实有不解之谜。

夏日读放翁

说起放翁,有人拿《红楼梦》说事,借林黛玉之口,贬斥放翁。是说香菱学诗一节,香菱喜欢放翁的"重帘不卷留香久,古砚微凹聚墨多"一联,黛玉不以为然,说不好,断不可学这样的诗。其实,因为香菱和宝玉有一腿,黛玉忌恨香菱,让放翁跟着吃挂落儿罢了。

公正说,这一联确实不是放翁最好的诗,却也绝对不是最差的。"举世知心少,平生为口忙""纸新窗正白,炉暖火通红",才实在是差。后来,有人引钱穆先生对这联诗的解读,说这联诗中"无我"。不过,从对仗的角度、古典的意味来讲,真不至于拿它作为批评放翁的靶子。清末民初,不少人家是愿意拿这联诗,连同诸如"正欲清言逢客至,偶思小饮报花开"等,作为家中客厅悬挂的对联。

放翁诗多,参差不齐,流于直白平庸且自我重复的,确实不少。如同肉埋在饭里,花藏在草中,好诗也实在不少,需要在《剑南诗稿》中仔细翻检,便常会眼前一亮,有意外惊喜的发现。

对于我,特别喜欢晚年放翁对于日常司空见惯生活的捕捉。那种捕捉是敏感的,是发乎于情的,是对于琐碎甚至艰辛日子由衷的喜爱,是具有草根性的。放翁没有把自己摆成一副诗人的架子,就是乡间的一位老人,用一双慈眉善目平和而又富有诗情地看待眼前的一切。

所以,他才能够"唤客家常饭,随僧自在茶",他才能够"未辨药苗逢客问,欲酬琴价约僧评"。家常和自在,是他心的基调和底色;他才能够关心药苗并不耻下问,买琴这样的小事也要虚心请教行家。

可以看出,写诗之前和之时,放翁的姿态是躬身的,而不是鹅一样昂着脖子。他的心是如此平易,他关心的才会是农时稼穑、家长里短,他才会写出"久泛江湖知钓术,晚归垄亩授农书""百世不忘耕稼业,一壶时叙里闾情",他才会写出"邻父筑场收早稼,溪姑负笼卖秋茶""草苫墙北栖鸡屋,泥补桥西放鸭船"。钓术、农书、晒场、卖茶、养鸡、放鸭……这些最为普通常见的农事,被放翁裁诗入韵,而且对仗得这样巧妙工整,又朴素实在、毫不空泛,那么有滋有味,真的让我佩服。

看到放翁自己这样说:"试说暮年如意事,细倾村酿听私蛙。"还看到他这样感慨:"但恨桑麻事,无人与共评。"便明白了,为什么对于乡间的日常生活场景、风土人情,乃至花草虫鱼,这些细小而琐碎的东西,放翁寄予如此深情,以极其敏感而善感的心捕捉到、感受到,并把它们书写在诗中。这确实是一种与生俱来的本事。他不是以一个旅游者或采风者的身份走马观花,也不似如今那些大腹便便的人客居乡间别墅的居高临下。他就是一个农民。在这样的诗中,他的身影摇曳在田间地垄、桥头水上。读这样的诗,很像读三四十年代沈从文写的湘西山村那些泥土气息浓郁的篇章。

"市桥压担莼丝滑,村店堆盘豆荚肥。"担上莼丝鲜滑,盘中豆荚肥美,多像是一幅乡情画,是齐白石或陈师曾画的那种画。

"三更画船穿藕花,花为四壁船为家。"多么的美,船在藕花中穿行,在放翁的眼睛里是花围四壁的家一样。这样的联想,属于诗,更属于心。

"船头一束书,船后一壶酒。新钓紫鳜鱼,旋洗白莲藕。"同样是船在藕塘水中,却是另一种写法。完全白描,有书有酒,有鱼有藕,多么闲适,多么幽情,又多么乡土。紫鳜鱼对白莲藕,新对旋,有色彩,有心情,对得多么朴素,又惬意。

"旱余虫镂园蔬叶,寒浅蜂争野菊花。"旱情中的情景,秋寒时的情景，放翁眼睛里看到的是多么的细致且别致。

"巢干燕乳虫供哺，花过蜂闲蜜满房。"同样写虫写蜂，在春夏生机旺盛的时候，是完全不一样的情景。虫子只能供燕子吃了，蜜已酿满，蜜蜂可以清闲自在地飞了。

再看"花贪结子无遗萼，燕接飞虫正哺雏"，是上一联燕子捕虫哺雏的另一种写法，或者是补写；而写花则是上一联的延长线，花期过后结籽时节的丰满；一个"贪"字，一个"接"字，将这两种状态写得多么生动有趣。

如果将这三联相对比读，会让人感到大自然的奇妙，也让人感到放翁的笔细若绣花针，为我们绣出一幅幅姿态各异的乡间绣花样来。

有时候，会觉得晚年的放翁实在不老，眼睛也没有花，"绿叶忽低知鸟立，青萍微动觉鱼行"，他看得多么清楚，多么仔细。在绿叶之间和青萍瞬间的忽高忽低和微微一动时，便察觉出鸟和鱼的心思和举动来。这是一种什么样的眼神？

有时候，会觉得晚年的放翁简直就像一个孩子，"老翁也学痴儿女，扑得流萤露湿衣"，与其说这是一种对诗书写的方式，不如说更是对生活的一种态度，对生命的一种放松。

晚年放翁的诗中不少写到读书、抄书。"古纸硬黄临晋帖，矮笺匀碧录唐诗""细考虫鱼笺尔雅，广收草木续离骚""藜粥数匙晨压药，松肪一碗夜观书""唤客喜倾新熟酒，读书贪趁欲残灯""研朱点周易,饮酒和陶诗""素壁图嵩华,明窗读老庄""浅倾家酿酒,细读手抄书"……一直到八十多岁的时候,他还写出了"岂知鹤发残年叟,犹读蝇头细字书",真的让我非常感动。不是所有能活到这把年纪的老人,都能这样的。这一联诗,我非常喜欢,看他对仗得多工稳,鹤发对蝇头,残年对细字,真的让我心折。

其实,老年放翁贫病交加,日子过得并不如意。但是,一个人的日子过的不仅仅是物质,还有心态和精神头儿。他在诗中不止一次这样写道:"一条纸被平生足,半碗藜羹百味全""云山万叠犹嫌浅,茆屋三间已觉宽"。现在的聪明人看,这个老头儿实在有些阿Q。在住大房子、游历世界千山万水、尝遍各地山珍海味,越来越成为富裕起来的人们的梦想的时代,一条纸被、半碗藜羹、三间草屋,实在是太寒酸了。

但是,就是这样寒酸的放翁,为我们留下了这样多美妙的诗。放翁晚年有理由骄傲地说:"脱巾莫叹发成丝,六十年间万首诗。排日醉过梅落后,通宵吟到雪残时。"迄今为止,没有一个诗人可以超越他。他是真正的诗人,他的诗不是生活的花边,他的诗和他的生命融为一体。

晚年放翁曾经写过一首题为《病愈》的七律:"秋夕高斋病始轻,物华凋落岁峥嵘。蟹黄旋擘馋涎堕,酒渌初倾老眼明。提笔诗情还跌宕,倒床药裹尚纵横。闲愁恰似憎人睡,又起挑灯听雨声。"这就是放翁,他的达观,他的顽皮,他的情趣,他的诗情,他的生命活力,都淋漓尽致地表露出来。看完这首诗,我把它抄了下来,一夜背诵,一夜未眠。窗外没有雨声,只有五月的风吹下满地落英。

第 三 部 分

读 书 笔 记

// /

阅读屠格涅夫

五十多年前，我在北大荒的一个猪号里养猪，四周是一片荒原，晚上无处可去，也没事情可做，唯一的消遣就是读书。那时，我迷上了屠格涅夫的《猎人笔记》，就像高尔基说的那样，像饥饿的人扑在面包上一样扑在书籍上，我大段大段地抄书里面的段落，恨不得把每一个字都吞下。

舒展着白云上面的细边，发出像小蛇一般的闪光，这光彩好像炼过的银子。……到了正午的时候，往往出现许多柔软的白色的、金灰色的、圆而高的云块。这些云块好像许多岛屿，散布在天边泛滥的河流中，周围环绕着纯青色的、极其清澈的支流,它们停留在原地,差不多一动不动;在远处靠近天际的地方,这些云块相互移近,紧挨在一起,它们中间的青天已经看不见了;但是它们本身也像天空一样是蔚蓝色的,因为它们都浸透了光和热。

他是这样写云,让我想起白天看到过的北大荒的云彩。我总觉得我似乎并没有看到过他说的那种像小蛇一般闪光的云彩,像炼过的银子一般的云彩,像许多岛屿一般的云彩,像天空本身一样浸透了光和热的云彩。第二天的白天,我会在喂猪或放猪的时候仔细观察天上的云彩,猪在猪栏里或在草地里悠闲地吃食,荒原上悬挂着的天空显得很低,云彩有时雕像一样一动不动,有时流云浮动像演电影一样,一会儿变成了马,一会儿变成了羊,一会儿变成了神话中的老爷爷,一会儿白得像是小孩光着的白屁股……许多新的发现伴随着快乐,就是这样扑满心头,让我有了一种自得的收获似的,常常让那些圈里的猪撞翻了猪食桶,我都没注意;让那些在草地上的猪跑远跑没了影子,等我醒过味儿来,还得"勒勒"地喊着到处找它们。

傍晚,这些云块消失了,其中最后一批像烟气一样游移不定的黑色的云块,映着落日形成了玫瑰色的团块;在太阳升起时一样宁静地落下去地方,鲜红色的光辉短暂地照临着渐渐昏黑的大地。太白星像人小心地擎着走的蜡烛一般悄悄地闪烁着出现在这上面。

他是这样写太白星。我不知道什么是太白星，但我会在夜晚刚刚降临的时候，寻找第一颗蹦出来的星星，把它命名为太白星，看它是不是像人小心地擎着走的蜡烛一般悄悄地闪烁着出现在夜空中。我会发现，天空出现第一颗星星之后，会出现一段长时间的空白，像剧场里静场一样，得耐心地等待下一个节目的出场，等待着让你直觉得，下一个节目肯定要更加精彩。一直等到星星开始像是比赛着一样，叫着号地一颗紧接着一颗蹦上天空，北大荒的星星真的比北京的多似的，挤满眼前，纷纷地向你眨动着眼睛。我认出了哪里闪烁的是天狼星，哪里的是织女星，当然，认得最清楚的是北斗七星，因为在荒原的夜晚迷路的时候，那像勺子一样的七颗星星，永远是我最好的伙伴。

有时候，当火焰软弱而光圈缩小的时候，在迫近过来的黑暗中突然出现一个有弯曲的白鼻梁的枣红色马头，或是一个纯白色的马头，迅速地嚼着长长的草，注意地、迟钝地向我们看看，接着又低下头，立刻不见了。只听见它们继续咀嚼和打响鼻的声音。

你不得不佩服屠格涅夫，他写的草原上燃烧的篝火，和我们北大荒的何其相似。在冬天，我们在地里拉豆子的时候，或在场院上脱谷的时候，常常会燃起一堆篝火，为我们取暖。屠格涅夫所说的那些白鼻梁的枣红色马头、纯白色的马头，那些篝火熄灭后它们还在继续咀嚼和打响鼻的声音，给我多大的新奇。北大荒的那些荒凉和寒冷，仿佛也变得温暖了许多。

突然，远处传来一声冗长的、嘹亮的，像呻吟一般的声音。这是一种不可名状的夜声。这种夜声往往发生在万籁俱寂的时候，升起来，停留在空中，慢慢地散布开去，终于仿佛静息了。倾听起来，好像一点声音也没有，然而还是响着。似乎有人在天边延续不断地叫喊，而另一个人仿佛在树林里用尖细刺耳的笑声来回应他，接着，一阵微弱的嗖嗖声在河面上掠过。

说实在的，在读这段文字之前，我不知道这个世界上还有这么一个叫作夜声的东西。屠格涅夫教会我去分辨和聆听夜声。我才发现荒原上的夜声，是那样的美，而且独一无二。

那种从荒原深处传来的夜声，是荒草的草叶、树叶和树叶之间，在风的吹拂下的飒飒细语；是野兔、野鹿、野狐狸和老鼠，在林间的落叶上和荒原泥土中轻捷无声、细碎的脚步声；是河边飘来的水鸥、野鸭、野雁、野天鹅和芦苇交欢的喘息声,以及河面上被风拂动而荡漾出密纹唱片一样细密而湿润的涟漪声……那种夜声,像教堂里的弥撒、无伴奏无歌词的吟唱,低回悠长,一唱三叹。屠格涅夫说的那种嘹亮,我没有听出来,但他说的那种冗长,像呻吟,是准确的,它们呻吟着,弥漫开来,又消失远去。那是在繁华的城市里,再也听不到的天籁。

我常想,读书是要季节的,青春的清纯和心无旁骛的安静,是这样季节的两个条件。

//
难忘泰戈尔

对于泰戈尔的《沉船》，我是充满感情的。

第一次读它的时候，我在北大荒，一个荒僻的猪号里喂猪。夜幕降临以后，四周死一样的静寂。

泰戈尔在这本书说："杳无村落、宁静而沉寂的夜晚，好像等待着失约情郎的姑娘，守望着长满水稻的辽阔而葱翠的田野。"我就特别的喜欢，一下子被吸引，一下子记住了，怎么也忘不了，到现在也记忆犹新。这段话总让我想起北大荒荒原上的那些寂寥的夜晚，还能有比泰戈尔比喻得更贴切，更动人的吗？那时候的荒原，不正像是泰戈尔写的那样吗？似乎我和那些寂寥的夜晚都像是总在等待着什么，总觉得一定会等来一些什么。到底是什么呢？我说不清，应该说就是希望吧？没有把所有的希望泯灭干净，泰戈尔好像是特意来到荒原上，帮我从那黑暗中使劲拽出了最后残存的那一道亮光。

即使现在小说里关于罗梅西、卡玛娜、汉娜之间的故事记不大清楚了，记住的只是小说里的一些片段，是弥漫在小说里的一些情绪。其中，卡玛娜在月夜的船上看到恒河对岸田野小径上那提着水罐的女人的情景，却总也忘不了，就像是一幅画，没想起的时候，它是卷起来的，只要想起了它，它立刻就垂落在眼前，清晰得须眉毕现。

想想，却无法解释为什么会这样。也许，这真是一件非常奇怪的事情，青春时节的阅读，总会情不自禁地自我联系，混淆了书中和现实的世界。

泰戈尔是这样写的——

四周没有任何生物活动的形迹。月亮已快落下去，长满庄稼的田野间的小径现在已看不清了，但卡玛娜仍然圆睁两眼站在那里凝望。她不禁想道："有多少女人曾经提着水罐从这些小路上走去啊！她们每一个人都是走向自己的家！"家！这个思想立刻震荡着她的心弦。要是她在什么地方能有一个自己的家该多好啊！但是，家在什么地方呢？

卡玛娜对家的想念和渴望，和我那时的心情是多么的相似。在同样月亮落下去的黑暗的夜晚，在比卡玛娜那时还要荒凉的田野上，面对我们猪号前通往队里去的那条羊肠小道，小道两旁长满凄凄荒草，也开放着矢车菊或紫云英之类零星的野花，通过那条小道可以走到去场部的那条土路上去，便可以再到一百多里地的富锦县[①]城，和几百里以外的佳木斯市，一点点接近家。

那时候，我离开北京的家已经三年了，还没有回过一次家。想家的心情，蛇吐信子一样，时不时地咬噬着心。记得有一个冬天的夜晚，新来了一批北京知青，晚上睡在一铺大炕上，突然想家，开始唱歌，一首接着一首地唱，都是老歌，最后，不唱了，都哭了。那哭声惊天动地，把我们睡在另外屋子的人都惊醒了，把队长也招来了。怒气冲冲的队长进门就厉声叱问："大半夜的不睡觉，这是怎么啦？"新来的知青不管不顾，几乎是异口同声地回答："想家了！"队长立刻哑炮了，什么也不再说，走了。

想家的时候，我总会忍不住想起泰戈尔写的那些个提着水罐在小径上向家走去的女人。每次想起，都会格外的心动，兔死狐悲一般，和卡玛娜一起悄悄地落下眼泪。现在想想，也许是不可能的事情，是非常可笑的举动，但在当时，我比卡玛娜还要软弱和

---

① 今黑龙江省佳木斯市富锦市。——编者注

无助。

还是这部《沉船》。当时，我曾经抄录下了这样的段落——

苍天的光滑的面容上，没有留下一丝烦恼的痕迹，月光的宁静没有任何骚乱活动的搅扰；夜是那样悄然无声的沉寂，整个宇宙，尽管布满了亿万颗永远在运行的星辰，却也仍然得到永恒的安宁；只有人世的喧嚣的斗争是永无底止的。顺境也好，逆境也好，人生是一场对种种困难的无尽无休的斗争，一场以寡敌众的斗争。

也许，这段话里还依稀能够看出当时我的心境，那种远离家又渴望回家却茫然无措的心情，那种泰戈尔说"一场对种种困难的无尽无休的斗争，一场以寡敌众的斗争"，在我的心里纠缠而无可奈何，只能在荒原那些沉寂的夜晚，面对星空时黯然神伤。

怎么能够忘记泰戈尔呢？他就像我年轻时从城里一起到荒原上的知青朋友一样，无法淡出记忆之外。

//
罗曼·罗兰帮我去腥

罗曼·罗兰的《约翰·克利斯朵夫》，是我最喜欢的一部小说。那是在"文化大革命"后期我从北大荒插队回到北京待业在家，王瑷东老师借我的书。我整段整段地抄，抄了好几个笔记本。书写得太好了，傅雷翻译得也太好了，恨不得把整本的书都抄下来。书看了两遍，后来翻看笔记，发现好几处地方竟然抄了两遍。

在那些寂寞而艰苦的日子里，他乡遇故知般，罗曼·罗兰是我最好的朋友。

克利斯朵夫在那样的环境下艰苦奋斗的精神感动了我。他从小生活在那样恶劣的家庭，父亲酗酒，生活贫穷……一个个的苦难，没有把他压垮，相反把他锤炼成人，让他的心敏感而湿润，让他的感情丰富而美好，让他的性格坚强而且不屈不挠。

罗曼·罗兰在这本书中卷七的初版序中有这样的一段话，我记忆深刻——

> 每个生命的方式是自然界的一种力的方式。有些人的生命像沉静的湖，有些像白云飘荡的一望无际的天空，有些像丰腴富饶的平原，有些像断断续续的山峰。我觉得约翰·克利斯朵夫的生命像一条河，我在本书的最初几页就说过的。——而那条河在某些地段上似乎睡着了，只映出周围的田野跟天边。但它照旧在那里流动、变化；有时这种表面上的静止藏着一道湍急的急流，猛烈的气势要以后遇到阻碍的时候才会显出来……等到这条河集聚起长期的力量，把两岸的思想吸收了以后，它将继续它的行程，向汪洋大海进发。

这段话是我理解克利斯朵夫的一把钥匙，也是理解生命的行程和意义的一把钥匙。生命像一条河，这是一个并不新鲜的比喻，但当时它深深地打动了我。罗曼·罗兰给予我这样的启示和鼓励，起码让我在郁闷不舒、苦不得志的时候，有了一点自以为是精神力量的东西。当社会在剧烈动荡之后，偶像坍塌、信仰失衡、整个青春时期所建立起来的价值系统产生了动摇而无所适从的时候，罗曼·罗兰所塑造的克利斯朵夫的形象和他所说的这些话，给我以激励,让我仰起头,重新看一看我们头顶的天空,太阳还在明朗朗地照耀着,只不过太阳和风雨雷电同在。不要只看见了风雨雷电就以为太阳不存在了。

以从前我所热爱崇拜的保尔·柯察金和牛虻为革命献身吃苦而毫不诉苦的形象来比较,克利斯朵夫更让我感到亲近,而他个人奋斗所面临的一切艰辛困苦,让我更加熟悉,和我自己身边发生的格外相似。同保尔·柯察金和牛虻相比,他不是他们那种振臂一呼、应者如云的人,不是那种高举红旗、挥舞战刀的人,他的奋斗更具个人色彩,多了许多我以前所批判过的儿女情长,多了许多叹息乃至眼泪,但他让我感到他似乎就生活在我的身边,我能真切地感受到他有些冰冷的手温、浓重的鼻息和怦怦的心跳。

重新翻看我所抄的《约翰·克利斯朵夫》这本书的笔记,能察觉得到当时我和克利斯朵夫,和罗曼·罗兰交谈的样子和轨迹。你抄什么不抄什么,无形之中道出了你当时心底的秘密。其实,你不过是在用书中的话诉说你自己。

比如:"痛苦的犁刀一方面割破了你的心,一方面掘出了生命的新的水源。"这句话到现在我还清晰地记得,几乎成了我的一句箴言。

比如:"失败对我们是有好处的,我们得祝福灾难!我们决不会背弃它。我们是灾难之子。"难道这不是对我这一代所做出的最好的预言和忠告吗?

比如："失败可以锻炼一般优秀的人物；它挑出一批心灵，把纯洁的和强壮的放在一边，使它们变得更纯洁更强壮。但它把其余的心灵加速它们的堕落，或是斩断它们飞跃的力量。一蹶不振的大众在这儿跟继续前进的优秀分子分开了。"说那时我是多么自命不凡也好，或说我不过阿Q一样安慰自己也好，我确实想做一个优秀的人，而不想碌碌无为让一生毫无色彩；我确实想让自己的心灵纯洁而强壮，而不想软弱成一摊再也拾不起个儿来的稀泥。

再比如，罗曼·罗兰说克利斯朵夫："他到了一个境界，便是痛苦也成为一种力量——一种由你统治的力量。痛苦不能再使他屈服，而是他教痛苦屈服了：它尽管骚动、暴跳，始终被他关在了笼子里。"我以为这是罗曼·罗兰对于痛苦进行的最好的总结。他告诉我痛苦的力量与征服痛苦的力量，他让我向往并追求那种境界。

再来看看罗曼·罗兰对于幸福的论述。他不止一次地说过："对于一般懦弱而温柔的灵魂，最不幸的莫如尝到了一次最大的幸福。"他对于幸福一直是这样贬斥的态度，他似乎对幸福不屑一顾甚至嗤之以鼻。相比而下，他认为痛苦更有价值。

他还说过这样一大段话："可怜一个人对于幸福太容易上瘾了！等到自私的幸福变成人生唯一的目标之后，不久人生就变得没有目标。幸福成为一种习惯，一种麻醉品，少不掉了。然而老是抓住幸福究竟是不可能的……宇宙之间的节奏不知有多少种，幸福只是其中的一个节拍而已；人生的钟摆永远在两极中摇晃，幸福只是其中的一极；要使钟摆停止在一极上，只能把钟摆折断。"

这些话，安慰我，鼓励我，让我认清痛苦，也认清幸福，既不对痛苦感到可怕而躲避，也不对幸福可怜的企盼而上瘾。

之所以对痛苦与幸福那样的敏感，是因为那时正处于一个新旧交替的时代，我们这一代人内心的痛苦，其实是那个时代的痛苦的折射。就像罗曼·罗兰说的，生命是一条小河，在它流过了浅滩和险滩之后，流过了冰封和枯水季节之后，渐渐有了一点生机和力量，山随平野尽，江入大荒流。

无论那时这种主题化、政治化和个人对号入座式的阅读是多么的可笑，毕竟是我青春季节的阅读，它让那些外国文学作品多少有些变形，但在一切都变形的时代里，它与当时并不尽相同的形象、精神和语言方式滋润着我的心，并让我拿起笔来学习写一点东西。更重要的是，那时的我内心像风干的鱼一样没有了一点水分，只剩下一身的鱼腥味。是罗曼·罗兰帮我去了腥。

// //

永远的新娘
——读契诃夫有感

在俄罗斯文学中,我最早接触也最喜欢的是契诃夫。读高中的时候,我从学校图书馆里借阅了他的小说集和戏剧集,尽管只是似是而非的印象,并没有读懂,但契诃夫为我制造的与当时我身处的生活现实完全不同的艺术氛围,还是涌起我莫名其妙的激动和想象。和当时语文课本里选的《套中人》和《小公务员之死》不尽相同的那些作品相比,那些让我仿佛认识了另一个契诃夫似的。

今年[1],是契诃夫逝世110周年的日子。在这样的日子里,想起

---

[1] 指2014年。——编者注

契诃夫,心里更别有一番滋味。在关于契诃夫纷乱如云的记忆中,忽然想起三十九年前第一次读他的《新娘》的情景。那真的是一次印象深刻也意义深刻的阅读。那是1975年的年初,正是处于一个新旧交替的时期。这时候读《新娘》,新娘真有那么一点象征的意义。谁是新娘?谁的新娘?新娘在哪里?或者说新娘新在哪里?读小说的时候,拔出了萝卜带出了泥,纷乱联想到的一切,都超乎了契诃夫的小说本身。

那是一本人民文学出版社出版的《契诃夫小说选》,其实,这本小说以前读过,只不过那时是从图书馆借来的,阅历既浅,读得不仔细,浅淡的印象和书一起又还了回去了。

1975年,那一年的冬天,我从北大荒插队回京,待业在家,无所事事,从西单的旧书店里买了这本《契诃夫小说选》,记得当时还是内部书店,否则无法买到。其中的《新娘》吸引了我。我竟一连读了三遍。是因为那优美的文笔呢,还是那精彩的插图,或是那没有了朦朦胧胧充满神秘的新生活的诗意,或是五月苹果园淡淡的雾中徜徉的那位又高又美的新娘吸引了我?我自己也说不清了。

其实,小说的情节很简单,用几十个字便可以把它叙述如下:新娘娜嘉出嫁前夕,在祖母家居住的远亲沙夏劝她打开家门出走去上学读书学习,把这种无聊庸俗的生活"翻一个身"。沙夏成为娜嘉人生的导师,她听从了他的劝告,认识到自己以往的生活以及她的未婚夫、祖母和母亲都是渺小的，便和他的导师沙夏一起离家出走，远走他乡。一年过后，当她重返家乡，她已经是一个新人了，家乡沉闷的一切让她越发格格不入。引导她前进的导师沙夏死去了，她更是无所牵挂，再次毅然地离开家乡，朝气蓬勃地投入了新的生活。

最有意思的是，当时，我在笔记本上写下了一篇契诃夫《新娘》的读后感，居然写了这样长，其中有这样的一段：

> 最让我佩服的还是娜嘉敢于否定自己的导师沙夏。当沙夏拖着病重的身子，还念叨过去的一切而进展不大时，娜嘉敢于抛开他，而继续前进。娜嘉深深爱着沙夏，认为沙夏是她"顶亲切顶贴近的人"，但她能够清醒地看出，这一切"都不像以前那样打动她的心了。她热切地要生活。她和沙夏的友情现在固然还是显得亲切，可是毕竟遥远了、遥远地过去了"。因此，她在和沙夏告别，也在和整个过去告别时，她仅仅走进沙夏曾经住过的房子里面站了一会儿。她的面前不是死去的沙夏的影子，不是美好过去的回忆，而是"一种宽广辽阔的新生活"。

> 这一点，看来简单，实际上如果不是一个坚强的人，不是一个对未来充满如饥似渴的人，是办不到的。在这里，娜嘉没有一点少女的缠绵，没有一丝对以往的伤感留恋。她敢于向自

己的母亲宣战，而且敢于向自己的老师自己"顶亲近的人"宣战。娜嘉形象的美，正在于此。我想《新娘》的新也就在这里吧？未来永远属于敢于向自己过去的一切告别的新人的！请理会什么是"一切"吧！

现在，重新翻看这些已经发黄变淡的笔迹，也许会让如今的年轻人笑话。但是，在那个新旧转折的年代里，敢于向过去的一切尤其是向自己曾经崇拜过的导师告别，是一件多么不容易的事情，又是充满着多么鲜明的时代特点。

不管对于别人的意义如何，契诃夫的这位百年新娘，对于我确实是一位新娘，她是那个特殊时代的一个象征，一个隐喻。这时候，重新阅读契诃夫，和校园青春季节里的阅读，其理解与认知，其意义和价值，完全不同。我知道，我不仅和青春告别，也和一个时代告别。

《新娘》是契诃夫1903年的作品，是他人生的最后一部小说，第二年，他便与世长辞了。今天重新读这部小说，感慨依旧良深。不仅勾起旧时的回忆，更重要的，新娘不老，依然能够读出她和新时代、和我们近在咫尺现实生活相关联的意义。

《新娘》，本身就具有明显的象征意义，是契诃夫特意加在小说主人公娜嘉身上的。在面对拉拉小提琴、喝喝茶、聊聊天、挂挂名画那种衣食无忧的典型中产阶级的家庭生活，娜嘉的导师沙夏给她出的方子,不过是让她出外求学,以此打破眼前这一潭死水的生活。外面的世界就真的那么好吗?今天的我们,会觉得外面的世界很精彩,外面的世界也很无奈。但是,娜嘉却立刻感觉到"有一股清爽之气沁透她整个心灵和整个胸膛,使她感到欢欣和兴奋"。甚至开始明显地厌恶自己那个自以为是而庸俗的未婚夫,以致"他搂住她的腰的那只手,都觉得又硬又凉,像铁箍一样"。于是,在结婚前夜,她毅然决然地跟随沙夏离家出走。她这样解读自己这样果断的行动:"我看不起我的未婚夫,看不起我自己,看不起这种毫无意义的生活。"

今天重新读来,会觉得娜嘉的决定有些鲁莽,但依然让我心动。娜嘉对于眼前世故而惯性的生活的敏感,让今天已经麻木的我们汗颜。在物质主义的侵蚀之下,娜嘉的母亲和祖母为其安排好的一切,有那样好的物质生活,有那样门当户对的婚姻,家乡有那样美丽的花园,在莫斯科又为她准备好了上下两层楼的房子……所有这一切,不正是我们渴望、羡慕并孜孜以求的吗?她怎么会突然感到毫无意义了呢?

我们会像娜嘉一样做到放弃这样诱人的一切,而进行自己新的选择吗?我不清楚,如今和娜嘉一样二十三岁的年轻人会怎么样?我想如果我今天也二十三岁,我会做出和娜嘉一样的选择吗?我不敢回答。娜嘉认为她选择的是一种和过去庸俗生活告别而渴望精神富有的新生活,而我们则选择的是和穷怕了的生活告别而渴望拥有物质富有的新生活。于是，我们已经没有了娜嘉对于生活的那种敏感，我们更多拥有的是对房子车子以及名牌包包等物质的敏感。而对于这种仅仅物化而庸俗生活的批判，是契诃夫一生作品中所持之以恒的态度。他将这种生活称之为泥沼式的生活，而我们深陷这样的泥沼里，却舒舒服服地以为是躺在席梦思软床上。他的这一部最后的作品，更是强化地塑造了毅然走出这种泥沼生活的新娘的形象。

不同的时代，契诃夫让我读出不同的味道。这便是契诃夫的魅力。

在《新娘》的第四章中，娜嘉决定和沙夏离开这个沉闷的家的那一夜，契诃夫让那一夜刮起了大风，让风毫不留情地吹落了花园里所有苹果树上的苹果，还吹断了一棵老李子树。这些正是我们爱护和珍惜的，怎么可以让李子树断掉，苹果尽落呢？拥有带花园的房子，花园里有果树，能够在春天开花、在秋天结果，在明亮玻璃飘窗下有钢琴和小提琴的伴奏，不正是我们梦寐以求的生活吗？生活品质的高低与新旧的判断与追求，我们和娜嘉，和契诃夫就是这样的不同。所以，在我们的文学作品和影视作品中，我们屡见不鲜地热衷那些在这样美丽的花园洋房里婆婆妈妈、卿卿我我，或鸡吵鹅斗，便是见多不怪的了。我们不知道那其实是早在一百多年前娜嘉和契诃夫批判并抛弃过的。百年之后，"新娘"的新，大概也正在于此吧。

那本三十九年前读的《契诃夫小说选》，早已经不新，封面都没有了，里面的书页也破损得很厉害了。这些年，我先后买了简装和精装两套十卷本的契诃夫小说全集，却一直没有舍得丢掉这本书。这位百年新娘伴我又长了三十九岁，已经白发苍苍，老奶奶一样了，但对于我，她却是永远的新娘。

//
走近乔伊斯

詹姆斯·乔伊斯的作品，似乎总离我们很遥远，《尤利西斯》仿佛是他扔给我们的一块坚硬难啃的大砖头，横在我们一般读者的面前，难以跨越，这便容易让我们和他隔开一道宽宽的河。

我以为要渡过这条河，并不是没有法子，这法子就是得需要找一座桥或一条船。在我看来，他的早期作品集《都柏林人》，就是这样一座桥、一条船，让我们并不隔膜地踏在这座桥上，坐在这条船上，比较轻松地过河去和他接近。

这部《都柏林人》，我们可以把它当作小说读，也可以把它当作散文读，在这里，文体不是主要的，带有亲历性的回忆和怀想，从童年到少年到青年几个人生重要时期的种种过渡时的各种感情、心理，乃至周围外部世界对心灵的冲击的细致入微的描摹，会让我们觉得乔伊斯的作品其实并不像评论界说的那么唬人，那么艰涩难懂，拒人于千里之外，而是那样的亲切，就像诉说他自己，也像诉说我们自己或我们身旁其他熟悉的人的事情一样，离我们是那样的近，近得能让我们听得见他的呼吸和心跳。我们会觉得越是大师，其实越是平易近人的，唬人或吓人的，大概都是后来人们涂抹他脸上过重的油彩，把一个平常的人画成了戏台上的花脸。

《都柏林人》这部集子一共由十五个短篇组成，不敢说字字珠玑，却可说是篇篇精粹。留给我印象最深的是《偶遇》和《阿拉比》两篇，读它们时的感觉真是妙不可言。《偶遇》中那两个好不容易各攒了六个便士的小男孩，逃学过河跑到远远的郊外的田野上，偶然遇到一个衣衫褴褛性格怪异的老头儿，老头儿和他们谈诗、谈姑娘、谈国立学校凶恶的鞭子……谈得他们最后对这个怪老头儿充满恐惧，吓得落荒而逃。小男孩对单调学校生活的厌恶，对外界未知生活的好奇，突然出现的老头儿对童年寂寞的变异，美好的向往在瞬间的被打破……——被乔伊斯平静自然而不露声色地叙述得那样熨帖，让人会想起我们自己遥远的童年。

《阿拉比》写一个小男孩对一个姑娘悄悄的爱，写得真是惟妙惟肖。都从未去过的一个叫作阿拉比的集市，只不过因姑娘一次偶然提起而成为姑娘和小男孩共同的向往，也成为小说一个诗意的象征。最后好不容易小男孩在夜晚赶到了阿拉比，已经打烊的阿拉比却只给他留下一阵怅惘乃至恼怒，将一个小男孩情窦初开的心理写得极其出色。两篇作品，都写的是美好的向往在瞬间的破碎，一个是意外出现的老头儿，一个是阿拉比的意象，乔伊斯让我们看到他的人生的足迹，他的情感的心电图，也让我们看到如果作为小说，原来也是可以这样来写的，小说创作原来是有着这样宽广多样性的可能。乔伊斯就是这样从《都柏林人》走到《尤利西斯》的，我们不会感到他的突兀和不可解。

据说，这部《都柏林人》当初投寄给二十多家出版社，都惨遭退稿，最后一家出版社好不容易同意出版了，又整整压了八个月。但沙子是埋不住金子的，《都柏林人》如今已经光芒四射。

我曾经在1984年买了一本上海译文出版社当年出版的《都柏林人》，这是初版本，当时只要八角四分钱。十六年过去，现在还会有这样便宜的乔伊斯吗？

犹如树木进入夜色
——余华《在细雨中呼喊》读后

在美国，我在芝加哥大学一位韩国留学生家里住了一段时间。在她的书架上，我看到了余华的书，书的扉页上有余华的签名，是她到北京拜访余华的时候，余华给她的赠书。可以想象，她也是很喜欢余华的小说的。我在她的书架上找到余华的《在细雨中呼喊》，这是余华的第一部长篇小说，前些年出版的老书了，虽然早读过了，但读起来还很新鲜，便在芝加哥大学宽敞的图书馆里花了几个晚上重新读了一遍。好书不是时令的鲜花或水果，过季就零落腐烂，而是树木，总是能够常读常新，在阅读的空间发现新长出来的枝条，迎风摇曳生姿。

掩卷之后，还是发现自己喜欢这部小说，胜过余华其他的长篇,虽然他的《活着》和《许三观卖血记》也很好,但我还是觉得《在细雨中呼喊》写得更好。

也许,这是余华的第一部长篇小说,他生活、情感与写作经验的积累,在这部作品中得到了喷发,生活的质感、感情的抒发、先锋写作的表达,与他以后的几部长篇相比,都更胜一筹。作为长篇的处子之作,它的清新更是其他长篇无法比拟的。作为长篇写作,他也可能抵达得更远,但在出发地更让我流连。

《在细雨中呼喊》,也许应该算作一部成长小说,也应该算是一部回忆小说,寻找并重构回忆。很多作家的长篇处子作都是这样起步的,其自传的成分浓郁,更能看到作家的生活与情感的影子。当然,从某种程度而言,作家的任何一部作品都带有其自传的成分,但这部长篇的自传成分是由表及里渗透骨髓之中的,是弥散在字里行间的。这与日后他的《兄弟》拉开明显的距离。可以这样说,在余华日后的长篇写作中,再也看不到这样的姿态写作。

在重新阅读的时候,我心里常常泛溢着异样的感觉,他的叙述方式、语言,将人物和故事剪碎后,不是在时间中而是在自己的回忆中自由散漫地游走的拼贴和表达,是今日的感喟与心情,和过去的日子与故事的跳荡、交融与互文,可以想象20世纪80年代文学写作的先锋形象与心理。弥漫全书的少年维特式的忧郁调子,也充满已经远逝的那个时代的诗意。

"我成长以后回顾往事时,总要长久地停留在这个地方,惊诧自己当初为何会将这哗哗的衣服声响,理解成是对那个女人黑夜雨中呼喊的回答。"我以为小说里的这句话,是小说的意象,可以说是小说的种子,正是从这句话出发,余华有了整个小说的走向和规模。

这部小说里陆续死的人过多,让人感到了生活的沉重和人生的残酷,而这样的沉重和残酷,与《活着》是不同的。

> 我第一次看到了死去的人,看上去他像是睡着了。这是我六岁时的真实感受,原来死去就是睡着了。
> ……我害怕像陌生男人那样,一旦睡着了就永远不再醒来。

在另一处,"我"弟弟死的时候,"我的弟弟最后一次从水里挣扎着露出头来时,睁大双眼直视耀眼的太阳,持续了好几秒钟,直到他被最终淹没。几天以后的中午,弟弟被埋葬后,我坐在阳光灿烂的池塘旁,也试图直视太阳,然而耀眼的光芒使我立刻垂下了眼睛。于是我找到了生与死之间的不同,活着的人是无法看清太阳的,只有临死之人的眼睛才能穿越光芒看清太阳。"

从孩子的眼睛里看到的死亡,更为特殊,有些惊心动魄。在第一次看到死亡之前,"我们奔跑着,像那些河边的羊羔。似乎是跑了很长时间,我们来到了一座破旧的庙宇,我看到了几个巨大的蜘蛛网","我注意到黑色的衣服上沾满了泥迹,斑斑驳驳就像田埂上那些灰暗的无名之花"。在弟弟死的时候,他着重用了太阳耀眼的光芒。在这里,余华不吝他的比喻,"羊羔","蜘蛛网",田埂上的"无名之花","太阳耀眼的光芒",来和死亡做对比,来衬托孩子的心情,来对应生与死,像是画面背景洒满点彩之笔的笔触,这是余华日后写作中很少见到的。

我在语文作业簿的最后一页上记下了大和小两个标记。此后父亲和哥哥对我的每一次殴打,我都记录在案。

时隔多年以后,我依然保存着这本作业簿,可陈旧的作业簿所散发出来的霉味,让我难以清晰地去感受当初立誓偿还的心情,取而代之的是微微的惊讶。这惊讶的出现,使我回想起了南门的柳树。我记得在一个初春的早晨,突然惊讶地发现枯干的树枝上布满了嫩绿的新芽。这无疑是属于美好的情景,多年后在记忆里重现时,突然和暗示昔日屈辱的语文作业簿紧密相连。也许是记忆吧,记忆超越了尘世的恩怨之后,独自到来了。

他将柳树枯干枝条上的嫩绿的新芽和象征着昔日屈辱的作业簿,那样生硬地强拉在一起,却产生了出奇的间离效果。他将记忆中的客观现实与主观心情,写得那样真实而富于起伏。他的思绪和笔触信手拈来,一个细节与意象,如同印象派画家手中的画笔和色彩,总能够随意挥洒出一种意想不到的景致来。

小说中关于"我"和苏家兄弟的交往,写得非常动人,是小说中的华彩乐章。余华没有编排离奇的故事，却用平易但惨痛的人生命运，撞击着少年的心。这是比一般惯常见到的情节取胜的小说，更具刺痛人心的力量。苏家两个孩子在围墙里家中的游戏和笑声，他们的父亲苏医生骑车带着他们穿过田间小路时，坐在前面的弟弟不停地按响车铃，坐在后面的哥哥发出激动人心的喊叫，那些难忘的情景，都让"我"想起了家。"在我十六岁读高中一年级时，我才第一次试图去理解家庭这个词，我对自己南门的家庭和在孙荡的王立强的家庭犹豫了很久，最终确定下来的理解，便是这一幕情景的回忆。"余华总是能找到恰到好处的时间地点和方式，不动声色而富有节制地表达出他的内心涌动的情感，而在不知不觉之中让人生结出厚厚的老茧。

　　苏家一家返城之后，重新来到苏家围墙的时候，"我就再没看到苏家兄弟令我感动的游戏。不过，我经常听到来自围墙里的笑声，我知道他们的游戏仍在进行。"看到这里的时候，我忽然想起了20世纪80年代初期看到的日本电影《生死恋》中主人公重新回到网球场，回想起死去的恋人打球时球落地的砰砰声和那欢快的笑声。那种以静制动的叙述，简约而有力地将心情表达得那样富于画面感，无限延伸的是画面，更是心情。

　　当返城后的哥哥苏宇找到工作后回到南门找"我"未果，一年后他死了。而多年以后"当我考上大学后，却无法像苏宇参加工作时来告诉我那样，去告诉苏宇。我曾经在城里的一条街道上看到过苏杭，苏杭骑着自行车和几个朋友兴高采烈地从我的身旁疾驶而过"。人生的沧桑，打碎了少年的缱绻情怀，一个个梦破碎之后，少年长大了。长大了是司空见惯的结局，长大的过程却那样因人而异，花开花落的枯荣之间，心情与心理的微妙而多端的变化，远比故事的曲折难写，却撩人心魄。很多的时候，这是这部小说最让我沉浸之处。

这部小说的语言，也有着与之内容与形式相匹配的清新动人之处。它们是孩子纯真又饱受挫伤之后的眼睛里的影像，也是作者回忆和想象之中的世界。"浑浊的眼泪使我父亲的脸像一只蝴蝶一样花里胡哨，青黄的鼻涕挂在嘴唇上，不停地抖动。""这是我第一次听到鲁鲁（一条狗）的声音。那种清脆的、能让我联想到少女头上鲜艳的蝴蝶结的声音。"余华如此钟情蝴蝶，两次借用了它，新奇大胆，让语言充满魔力。把脸比作蝴蝶，把狗的声音比作蝴蝶结，我还从来没有见过这样的比喻，我们可以称之为通感，其实，它更是余华写作之时的心情尽情的释放，情之所至时信马由缰的手到擒来。

好的小说，一定要有好的语言去适配。这是眼下许多小说特别是长篇小说所缺乏的。是语言让小说像浪花串联成一条河流淌了起来。好的语言可以让河水流淌得波光潋滟，不好的语言只会让河水流淌得浑浊而凝滞。在这部小说中，余华曾经用了这样一个比喻："他们的面目已经含糊，犹如树木进入夜色那样。"好的小说，其实应该也是这样，好的语言带动着心情和感情，带动着人物和情节，一起共舞，浑然贯通，彼此融合，就像树木进入夜色那样。

冬夜重读史铁生

史铁生是去年[①]年底离开我们的。今年这个时候，我的弟弟离开了我。在这种时候，别的书都看不下去，唯有铁生的书我常常忍不住地翻看。我是把他们都当作自己的兄弟，十指连心的疼痛，弥漫在纸页间。

在《我与地坛》的开篇中，铁生先是这样写了一段地坛的景物："四百多年里，它一面剥蚀了古殿檐头浮夸的琉璃，淡褪了门壁上炫耀的朱红，坍圮了一段段高墙又散落了玉砌雕栏，祭坛四周

---

① 指2010年。——编者注

的老柏树愈见苍幽,到处的野草荒藤也都茂盛得自在坦荡。"然后,他紧接着说:"这时候想必是我该来了。"

他来了。他去了,又来了。每一次读到这里,我都格外的心动。总觉得像电影一样,在地坛颓败而静谧的空镜头之后,他摇着轮椅出场了。或者,恰如定音鼓回响在寂静的地坛古园里一样,将悠扬的回音荡漾在我的心里,注定了他与地坛命中契合难舍的关系。当代作家中,哪一位有如此一个和自己撕心裂肺打断了骨头连着筋的特定场景,从而使得一个普通的场景具有了文学和人生超拔的意义,而成为一个独特的意象?就像陆放翁的沈园,就像鲁迅的百草园,就像约翰·列侬的草莓园,就像凡·高的阿尔?

我想起我的弟弟,十七岁独自去了青海油田,他在临终前嘱咐家人一定要把他的骨灰撒回柴达木。我庆幸,他和铁生一样都能魂归其所,而不像我们很多人神不守舍,魂无所依。

在史铁生的作品里,母亲是一个最动人和感人的形象。母亲四十九岁的时候过早地离开了人世后,在《我与地坛》中,有这样两段描写。

一段是——

摇着轮椅在园中慢慢走,又是雾罩的清晨,又是骄阳高悬的白昼,我只想着一件事:母亲已经不在了。在老柏树旁停下,在草地上在颓墙边停下,又是处处虫鸣的午后,又是鸟儿归巢的傍晚,我心里只默念着一句话:可是母亲已经不在了。把椅背放倒,躺下,似睡非睡挨到日没,坐起来,心神恍惚,呆呆地直坐到古祭坛上落满黑暗然后再渐渐浮起月光,心里才有点明白:母亲已经不能再来这园中找我了。

另一段是——

有一年,十月的风又翻动起安详的落叶,我在园中读书,听见两个散步的老人说:"没想到这园子有这么大。"我放下书,想,这么大一座园子,要在其中找到她的儿子,母亲走过了多少焦灼的路。多年来我头一次意识到,这园中不单是处处都有过我的车辙,有过我的车辙的地方也都有过母亲的脚印。

后一段,体现了铁生的心地的敏感,从两个散步老人的一句简单而普通的话语里,涌出对母亲由衷的感恩和悔恨之情。敏感的前提,是善感。也就是说,是海绵才有可能吸附水分,水泥板花岗岩,哪怕是再华丽的水磨石方砖,是无法吸附水分的,而只能让哪怕再晶莹剔透的水珠凭空流逝。缺乏这样善感的心地与真情,使得不少写作成为搭积木和变魔术的技术活儿,或者化装舞会上和摆满座签的领奖席上花红柳绿地邀宠或争宠般的热闹。

前一段,排比句式的景物中几次慨叹"可是母亲已经不在了"

都会让我心生沉重。在这样重复的喟然长叹中，那些景物：老柏树、草地的颓墙、虫鸣的午后、鸟儿归巢的傍晚，以及古祭坛上的黑暗与月光，才一一都有了意义，这意义便是这一切附着上母亲的身影。因此，可以说，地坛是史铁生的，也是母亲的，因有这样的一位母亲而让地坛具有带有伤感无奈却又坚韧伟大的别样情怀。

每次读到这里，我都会忍不住想起铁生在他的《记忆与印象》中的《一个人形空白》里的一段："我双腿瘫痪后悄悄地学写作，母亲知道了，跟我说，她年轻时的理想也是写作。这样说时，我见她脸上的笑与姥姥当年的一模一样，也是那样惭愧地张望四周，看窗上的夕阳，看院中的老海棠树。但老海棠树已经枯死，枝干上爬满豆蔓，开着单薄的豆花。"

如今，重读这一段，我想起铁生，也想起他的母亲，窗上的夕阳，枯死的老海棠树，老海棠树枝干上爬满的豆蔓，开着单薄的豆花，便一下子都成为母亲那一刻百感交集又无法诉说的心情与感情的对应物，好像它们就是为了衬托母亲的心情与感情，故意立在院子里，帮助铁生点石成金。这是怎样的一位母亲呀，可以这样说，是母亲的悲惨命运和与生俱来的气质与情怀，造就了作家的史铁生。我坚定地认为，没有母亲，便没有史铁生的地坛。

忍不住，也想起我的母亲。母亲走得太早，那一年，我五岁，而弟弟才两岁。穿着孝服，我牵着弟弟的手站在院子里，院子里没有海棠树，没有豆蔓和豆花，只有一株老槐树，落满一地槐花如雪。

由生活具象而思考为带有哲理性的抽象，是铁生愿意做的，也是铁生作品的魅力，更是和我们一般写作者的区别，如同真正的大海一步迈过了貌似精致却雕琢的蘑菇泳池。他让一己的命运扩大为更为轩豁的世界，而使得他的作品融有了思想的含量，不像我们的一样轻飘飘、甜腻腻或皮相的花里胡哨。他爱说人间戏剧，而不是像我们那样自恋得只会舔自己的尾巴、弄自己的发型、扭自己的腰身和新书的腰封。

在《想念地坛》这则文章里，铁生想念地坛里的那些老柏树，他从它们"历无数春秋寒暑依旧镇定自若，不为流光掠影所迷"中，将其品质出人意料地抽象为"柔弱"。他进而说："柔弱是爱者的独信。""柔弱，是信者仰慕神恩的心情，静聆神命的姿态。"他说："倘若那老柏树无风自摇岂不可怕？要是野草长得比树还高，八成是发生了核泄漏——听说切尔诺贝利附近有这现象。"

由老柏树的"柔弱"，他写到世风的喧嚣，他说："唯柔弱是爱愿的识别，正如放弃是喧嚣的解剂。"之所以由"柔弱"写到"喧嚣"，还是要写地坛，因为地坛曾经可以是销蚀喧嚣回归宁静的一块宝地，一个解剂——"我是说当年的地坛"，他特意补充道。

我不知道弟弟执着地梦回青海的柴达木，是否还是当年他十七岁时的柴达木。我只知道他和铁生所说的"柔弱"一样，敏感而坚信唯有那里是"爱愿的识别"，是"喧嚣的解剂"。

在《想念地坛》最后，铁生写道："靠想念去迈过它，只要一迈过它便有清纯之气扑面而来。我已不在地坛,地坛在我。"这两句话,特别是最后一句"我已不在地坛,地坛在我",如一支沉稳的铁锚,将地坛如一艘古船一样牢牢地停泊在新时期文学的岸边,也将思念深深埋在我的心里。

《聊斋》两读

蒲松龄的芭蕉叶

《翩翩》是《聊斋》中的一篇故事,也是一个女狐的名字。比起《聊斋》中其他鬼魅的名字,如婴宁、青凤、莲香、聂小倩,翩翩更像一个现在女孩子的名字。《翩翩》一篇的现代性,先不经意地在这个名字里显现出来。

《翩翩》讲述的是一个浪子回头的故事。如果仅仅是浪子回头,不过只是一个老套的故事,在话本小说里屡见不鲜。《翩翩》有意思之处在于不仅是浪子回头,还有一些值得我们今天思考的东西。这便是带出的一点儿现代性,《聊斋》在很多老故事中蕴含着现代的元素，是蒲松龄不见得意识到的，是超越文本之上的。

所谓现代性，就是和我们今天的关联性。它不是滞留在过去，而是指向今天。就像一粒老莲子，可以萌发出今天的新芽；就像一个旧陶罐，可以盛放今天新榨的果汁或清新的泉水。这样的作品，便成为一面镜子，可以照见我们今天的世界和内心，而不是一面尘垢蒙面的青铜镜，只可陈列在历史博物馆里。

《翩翩》讲的是一个叫罗子浮的浪子，被翩翩搭救，用清溪水洗疮，用芭蕉叶做衣，又以不同树叶做成各种食物，在纯净的大自然中，这个罗子浮得以重生。罗子浮刚刚恢复过来人样，就急不可耐地跑到翩翩的床前，觍着脸求同房云雨共欢。翩翩骂他道："轻薄儿，甫能安身，便生妄想。"他却说："聊以报德！"敢言敢做，恬不知耻到这种地步，完全是现代某些人的一副嘴脸。这是罗子浮欲望难尽的第一次亮相。

第二次，来了另一位狐魅花城，和翩翩一样，也是花容月貌，罗子浮一见倾心，哪里禁得住这样的诱惑。吃饭时，果子落地，罗子浮弯腰捡拾时，趁机捏捏花城的脚。没有想到的是，立刻，他身上的衣服变成了原来的芭蕉叶，难以遮体。他赶紧收敛，收回邪念，坐回原座，芭蕉叶又变成了衣服，遮挡住他的身体，也遮挡住他的害羞。劝酒时，罗子浮再一次春心荡漾难掩，忍不住挑逗地挠挠人家的手心。立刻，衣服又变成了芭蕉叶。他只好又收回邪念，于是，芭蕉叶又变回了衣服。芭蕉叶，在这里立起一面哈哈镜。

如此将罗子浮一次次打回原形，像坐过山车一样颠簸，罗子浮在花城面前洋相毕露，实在既难堪，又可笑。将一个花心男子，旧习难改、本性难移，又想拈花惹草，还怕露丑丢人，又要偷腥，还想遮掩，又想男盗女娼，还要道貌岸然，刻画得入木三分、淋漓尽致。

第三次亮相，是罗子浮禁不住人间的诱惑，想回家乡看看。翩翩一眼洞穿他的心思，直言说他是"子有俗骨，绝非仙品"。便裁云为棉，剪叶做驴，让他回去。罗子浮回到家乡，立刻，衣服变成秋天的败叶，衣服里面的棉絮蒸蒸成空。迅速，将他打回原形，赤条条，哪儿来的哪儿去。最后，罗子浮重回旧地找翩翩，却已经是"黄叶满地，洞口路迷"。

《翩翩》的一头一尾巴，写得都不精彩，不足一观。但是，掐头去尾留中段，罗子浮这三次亮相，尤其是后两次借助芭蕉叶的亮相，写得确实精彩。设想如果用现实主义的方法来写罗子浮，该如何铺排描写？便看出来还是蒲松龄厉害，蒲松龄的这把芭蕉叶厉害，比铁扇公主的那把芭蕉扇还要厉害。铁扇公主的那把芭蕉扇，面对的只是火焰山有形的大火；蒲松龄的这把芭蕉叶，面对的是人心中看不见却更加凶猛的欲望之火。罗子浮内心之中的所有的潜台词，内心之外所有的堂而皇之的遮掩，都被这芭蕉叶剥离精光，让你感叹人世之外，还有一个世界，将人性中种种丑陋的弱点乃至卑劣之处，明察秋毫，看得清清楚楚，并为你指点得明明白白。这个世界，在蒲松龄那里就是狐魅世界。在《翩翩》里，他让芭蕉叶施展魔法。

读《翩翩》，可以连带读明人徐渭的剧本《四声猿》中的《翠乡梦》。讲的是和尚玉通持戒不坚，色戒被破，转世投胎成了女人，欲火纵燃，放虎出笼，引诱他人，最后堕落为妓女的故事。这个玉通，比罗子浮走得还远。两厢对读，会很有意思，《翠乡梦》和《翩翩》为同一坐标系的相对两极，均揭示了世事苍茫之中诱惑无所不在的醒世恒言。各种欲望下罗子浮和玉通的竞赛，让我们感慨尽管人世变迁，人性变化却不大，潜藏心底的种种轻浮、丑陋、卑劣乃至罪恶的欲望，让世人面临着省心明性的考验。徐渭时代如此，蒲松龄时代如此，现在也是如此。

《翩翩》读罢，戏仿《聊斋》中的异史氏曰，作一首打油，作为结尾，聊以为感——

评妖论鬼说神仙，叹古哀今读柳泉。
蕉叶羞成遮丑布，雪云愧咋暖心棉。
翻将洞口花落雨，弹向人间魂断弦。
美女从来出狐魅，秋坟谁再唱翩翩。

《双灯》双尾

《聊斋》里有一篇《双灯》，以前没有读过，先读了汪曾祺先生的《聊斋新义》中的《双灯》。

这是一篇《聊斋》中典型狐狸精的故事，但比其他狐狸精的故事要简单，就是这位漂亮的狐狸精看上了卖酒的魏家二小，化作漂亮的女郎，和二小夫妻生活半年之后，说是缘分已尽而分手的故事。因为狐狸精每次来二小家时，都有两个丫鬟挑着双灯送迎，所以题目叫作《双灯》。这个题目起得好，不像其他题目如《促织》《偷桃》《聂小倩》那样直白，颇有余味。

仔细读汪先生改写的这一篇《双灯》，很有意思，特别读到结尾时，有两处，眼睛忽然跳了一下，心里一动，别有所思。

一处是二小问狐狸精为什么突然想起要分手，狐狸精告诉他缘已尽；二小又问什么是缘，狐狸精告诉他缘就是爱，进而又说我们和你们人不一样，不能凑合。这个"凑合"，那么像汪先生的口吻。

一处是丫鬟挑双灯伴狐狸精而去，二小一直望着她们登南山远去，双灯一会儿明，一会儿灭，二小掉了魂儿。小说最后一句："这天夜晚，山上的双灯，村里人都看见了。"

当时，感到结尾这两处的改写，明显是汪先生的文笔。猜想，肯定是汪先生的画龙点睛。

第一处，完全是现代人的思维，是汪先生的，不是蒲松龄的。

蒲松龄可以讲缘分，但不会说缘就是爱，更不会讲"凑合"。这是汪先生借助钟馗打鬼，替蒲松龄升华，搀扶着蒲松龄迈上一个新台阶。

第二处，这样收尾一笔，太像汪先生了，人已去，灯犹在，二小看灯，全村人也看灯，不动声色的白描之中，余味袅袅。双灯，不仅是小说的道具，而且成为小说的意象。

后读蒲松龄原著《双灯》，尤其注意结尾。发现狐狸精告别前和二小的一大段对话，果然是汪先生所加。蒲松龄只让狐狸精说了一句："姻缘自有定数，何待说也。"便一笔带过，没有那么多的对白和心绪抒发。不过，要承认，汪先生加得好，让三百多年前的一则小说，不只是一枚话本式的标本，而有了鲜活的现代气息；让一则人鬼情未了的老故事，化蛹成蝶，飞进今日的生活中，和我们有了切近感。

蒲松龄这则《双灯》最后也是二小送别狐狸精，望着南山上双灯明灭，心里难舍又难受。关键是最后一句："是夜山头灯火，村人悉望见之。"让我看了心里一惊，原来并非汪先生私自添加的，居然和汪先生改写《双灯》的最后一句，完全一样。

为什么完全一样？

我没有将《聊斋》全部四百余篇作品读遍，不知道还有没有和《双灯》一样或类似的结尾。在我读过的有限篇幅中，没有见过。蒲松龄更多愿意如《翩翩》一样的结尾，也是人鬼情未了的故事，人和狐狸精分别之后，人再找狐狸精的时候，那狐狸精的洞口已是云迷草乱、黄叶满径，人只好零涕而返。

当然，这样的结尾，也不错，也给人留有余味。但是，这是一种很传统的结尾方法，和唐诗"人面不知何处去，桃花依旧笑春风"的写法一样；还可以更早上溯到陶渊明的《桃花源记》：人们再想重访桃花源，却已经是所向云迷，不复得路，后遂无问津者。显然，这样的结尾，并不新鲜。连蒲松龄自己也承认这样的结尾，和刘义庆《幽明录》里写刘晨、阮肇重返天台山访仙女，"踪杳路迷，不可复在，返棹，回船"的结尾，真是相仿。

《双灯》的结尾则是现代式的。它将文章的韵味，不像以往那样留到故事完成以后怀旧式的怅惘里，而是描摹正在进行中的故事收尾处，做画面式的直接介入和刻画。不仅是让主人公二小遥望双灯不已，而且，让全村人一起遥望双灯不已。如此迷人且感人或还有惑人诱人之处，都闪烁在那双灯明灭之中了。不用与其他篇章相比，只和《翩翩》相比，同样都是在结尾处留白，却留得味道大不一样。

在《双灯》的结尾之处，三百多年前的蒲松龄，竟然和三百多年后的汪曾祺幽径相遇，英雄所见略同，而握手言欢，足见其小说现代性之一斑。这是《聊斋》最值得我们今天珍视的一个方面。

下　卷

漫谈写作

第 四 部 分

写 作 启 蒙

写作常谈
——叶圣陶先生《写作常谈》给我们的启发

叶圣陶先生的《写作常谈》（北京出版社2020年10月版），书名很平易，一下子把架子就放下来了。什么是写作？写信是写作，写作文是写作，写日记是写作，所有人都要写作，不见得写书才是写作。所以，叶老先生只说是写作，没有说是创作。

这本书没多厚，但是我相信，你如果能从头读到尾，一定会有收获。

我和叶圣陶先生有一面之交，他曾对我的作文进行详细的批改。我当时十五岁，上初三，但是叶圣陶先生并没有教给我任何写作秘诀，他给予我的关怀和鼓励，为我树立的是对文学的信心。他对我作文具体的修改，让我知道了如何讲求文字，这至关重要。

叶先生说的都是大白话，今天，我重点说说这本书里三篇文章：一篇是《和教师谈写作》，一篇是《第一口蜜》，一篇是《文艺作品的鉴赏》，来谈我读后的体会。

想清楚了再写

《和教师谈写作》谈了几个观点：

首先，要想清楚了再写。这谁不明白？但是做没做到是另外一回事。很多文章没想清楚，一个想法刚冒出火花就开始匆匆忙忙动笔，这样的话，一般文章就很难写。所谓想清楚，是说从头到尾想明白，才能清楚怎么写，否则写的时候就很匆忙。

其次，叶圣陶先生强调写完一篇稿子，念几遍，对修改大有好处。这是老先生真正的经验之谈。写完一篇稿子，别说念几遍，起码念一遍，都有谁能做到？念给谁听？给自己听。默读一遍也可以。为什么要念？叶先生讲，念不下去了就说明这儿有疙瘩：一个是语言出现疙瘩，不顺溜；二是思想的疙瘩，你没有想清楚。对于初学写作者，这尤其是经验之谈。

我在中央戏剧学院读书的时候，就学这种方法。十点半宿舍关灯前，我们五个同学互相讲笑话，一般我给他们讲我要写什么，从头到尾讲一遍，就发现有的地方他们爱听，有的不爱听。我就想人家为什么爱听，爱听的地方说明我讲得好，不爱听的地方就要进行调整，是不是说得啰嗦了，还是说得不吸引人了。

挑能写的写

叶圣陶先生接着说，平时的积累很重要。这种积累指的是你在写的时候，要"挑能写的写"。什么叫挑能写的写呢？

在另一篇文章《拿起笔之前》中，他说"在实际生活中要养成精密观察和认识的习惯，是一种准备的功夫"。这里面第一是观察，就是要"看见"，视而不见，见而无感，是不行的。那里有一朵花，别人没看见，你看见了，走过去芬芳扑面而来，别人就失去了"芬芳"的机会。第二是认识，就是要提高自己对事物感受的能力，通过感受变成你自己的一种写作财富。这两点是至关重要的，是叶圣陶先生所说的写作之前的"准备功夫"。如果你愿意写东西，首先要在这两点下功夫。下得了功夫，才能练就出功夫。当年莫泊桑请教福楼拜写作方法，福楼拜让他先骑马转一圈再回来，就是让他先观察。叶圣陶先生说要精密观察，也就是说不能光扫一眼，走马观花。

叶圣陶先生说的另一点是要深刻。所谓深刻，一是观察要准确精细，二是你的感受要跟别人不一样。如果你的感受跟别人是一样的，那么你写的东西跟别人也一样。观察到了才能写得到，感受到了才能写得深切。深刻不是说有多少哲学思想，有多少伟大的判断，有多少预见性，像思想家似的一般人也做不到，但是起码有属于你自己的一份感受，要跟别人不太一样，这就可以了。

举个简单的例子,最近我去了一趟颐和园,好长时间没去了,疫情以来第一次去,正好刮大风。颐和园里人还是特别多,在长廊的前头有一个小院,小院对面有一个藤萝架,春天的时候开满架。我坐在那儿画藤萝架,突然闻到一股橘子味,特别香,在北京买过那么多的橘子都没闻到过那么香的。这气味里带有水气,可能是从南方刚带来的,不是北京卖的那种橘子。我随口说了一句"什么这么香?"回头一看是个中年女性,四十来岁。她正在看我画画,我回头看她一眼,她有点不好意思,就跑了。前面是一个旅游团,她跑去跟旅游团会师了。但没多大一会儿,她又跑回来,递给我一个橘子。我想跟她说两句话,表示一下感谢,她却扭头走了。就这么一件事,让人感到素不相识的人之间的感情交流。我们在生活中哪有那么多大事,今天地震了,明天车祸了,都让咱赶上了,概率很小,但是类似橘子的事概率很大。

再举一个例子,好多年前,我到邮局寄书、寄信,钱不够,差两毛,兜里就剩一张一百元的整钱。营业员是一个小姑娘,很不高兴,让我再翻翻兜,我说没了。这时候旁边正好有几个农民工,是发了工钱正给家里寄钱。柜台边有一个小男孩,我觉得挺有意思的,他手揣在兜里,兜一边深一边浅,好像是要掏东西,最后掏出两毛钱递给我。这时你就感受到小孩对你的帮助,不是说捐款十万八万是帮助,两毛钱也是帮助。而且是这样一个跟你素不相识的农民工的小孩,他知道你有困难了,又不好意思,很害羞,这种感觉让人非常感动。等我谢过这小孩，寄完书，去超市买东西，破开了一百元钱，有零钱了，回邮局一看小孩还在，因为人特别多，他们还没寄完钱呢。我当时要掏出两毛钱还给小孩，但刹那间我犹豫了一下，是还好还是不还好？小孩干一件好事，如果还他，拂了他的面子，我倒是知恩图报了，但是对小孩来讲会是一件大事。所以我最后犹豫再三，没有还给他。但我走过去，说你怎么还没走，小孩特别高兴，我就又谢了一遍。

像这样的事，一个橘子也好，两毛钱也好，是我们生活司空见惯的，每个人都可以遇到。所有人都可以写作，写什么？就写这些东西。这是我们写作者能够驾驭得了的事情，也就是叶圣陶先生所说的，挑能写的去写。你非得挑不能写的去写，虽然主题思想很好、很高大上，但是跟你不搭边，或者你遇不到这样的事情，怎么去写？

日本有一位导演是枝裕和，他既拍电影，也写小说。他的作品非常温馨，又非常生活化。他说过这样一句话：细枝末节就是生活。细枝末节也是写作的根本。所以，我觉得这一点对我来讲是至关重要的。我们在学习别人的时候要注意学习这些东西，不是注意学习那些花里胡哨的词汇，不是注意学习情节如何跌宕起伏，这都不是最主要的。最主要的是，这种细枝末节，我们是不是观察到了，是不是感受到了，是不是像叶圣陶先生所说的，在实际生活中养成了精密观察和认识的习惯。叶圣陶先生说这就是一种写作的功夫。《和教师谈写作》里谈了很多观点，其中我对这几点印象特别深，收获最大。

什么是真正的鉴赏力？

在《第一口蜜》和《文艺作品的鉴赏》当中，叶圣陶先生重点谈了读书、艺术作品鉴赏跟写作之间的相互关系和作用。他说，"欣赏力必须养成"，而且像"蜂嘴深入花心一样"，这样第一口蜂蜜才能尝到。你见了花，蜻蜓点水一样，沾了两下就走了，酿不成蜜。

叶先生强调，在这种阅读和鉴赏过程当中，有两点要求：第一要细；第二要有自己的主观介入。他举了一个例子，特别有意思："比如在电影场中，往往会有一些人为了电影中生离死别的场面掉眼泪，但是另外一些人觉得这些场面只不过是全部情节中的片段，并没有什么了不起的，反而对于其中的某些景物的一个特写、某个角色的一个动作点头赞赏不已。"叶圣陶先生讲，这两种人当中，显然后一种人的鉴赏能力比较高。"前一种人只是被动地着眼于故事，看到了生离死别，后一种人却着眼于艺术。"我们阅读的时候也一样，不要光注重情节的部分，煽情的部分。现在不少电视剧就是这样，你可以看，但是被电视剧牵着鼻子走，说电视剧的审美就是我们的审美，就不容易写出好的东西。所以一定要读文学作品。

叶圣陶先生说的这些，对我起码是太有用处了。我联想自己，我在阅读的时候哪些地方被感动了，哪些地方让我有深切的感受，如果让我有深切感受的只有大场面，说明鉴赏力就弱。叶圣陶先生讲了，真正有鉴赏力的人属于前面说的后一种人。

举一个简单的例子，我上中学的时候，有一部电影叫《共产党员》，讲第二次世界大战之后，苏联经济一片凋零，一个共产党员从战场回到乡村，带领着大家脱贫致富，认识了村里的一个女人。这个女人的丈夫对她特别差，老打她，家暴很严重。他们一起工作时，这个共产党员就喜欢上这个女人，女人也对他产生了依恋。有一次共产党员到镇上买东西的时候，顺便买了一个花头巾给她，这女人的丈夫知道以后，把她一顿毒打，而且，把门锁上，用木板把窗户钉上，不许她出去。故事大概是这样，以后怎么发展的，我都忘了，但是我就记住这样一个细节：把门窗都钉死了以后，这女人想逃出来，但被打得遍体鳞伤，没什么力气，最后她把窗户的挡板打开了，好不容易逃出来，刚从高高的窗户跳到外面，她又费尽气力爬回去了，干吗？——把花头巾拿出来。这个细节过去六十年了，我的印象还是非常深刻。真正感动我们的就是生活的细枝末节，而文学要做的事情，就是把这些细枝末节，把人们内心深处涌动的涟漪描绘出来，勾勒出来。

法国以前有一位音乐家德彪西，他一辈子除了一部歌剧，写的大多是小品，几分钟十几分钟一段的那种。他晚年的时候总结自己的创作经验，说过这样一句话，给我印象非常深："大的东西让我恶心。"这话说得有点极端了，不是大的都不好，大有大的好处，但是大也有大的难处。而文学最擅长的，衡量一个作者有没有写作才华和水准的，就是能不能驾驭"小"的东西，能不能观察、捕捉、感受到细小的东西，然后再现到纸面上，这是最重要的。再大的东西，也是由小的东西一点点累加起来的，就像一座再高的山，也是由一小块一小块石头累积起来的。如果能做到这样，那么你的写作才会得心应手。这也是叶圣陶先生所教导我们的"挑能写的写"。

所以，叶圣陶先生在《第一口蜜》和《文艺作品的鉴赏》这两篇文章当中，主要谈的就是怎么去读书、如何鉴赏艺术作品，让读书和艺术鉴赏化成写作的营养。可以说，没有读书，就没有写作。书是我们写作的最好的老师。

《写作常谈》这本书里面的内容很丰富，我们应当认真读读，学习学习这些看似老生常谈，但是对我们很有帮助的经验。前辈给我们留下的这些丰富的遗产，我们应当好好珍惜，真正认真去阅读的话，一定有所收获。

叶圣陶老先生的这本《写作常谈》，可以帮助我们迈好写作的最初的步子。

//
我的第一篇作文

　　小学四年级，多了一门作文课。教我们这门课的是新班主任老师。我记得很清楚，他叫张文彬，大概四十多岁的样子，不过，也可能五十岁了，小孩子看大人的年龄，看不准的。张老师有着浓重的外地口音，我听不出来他究竟是哪里的人。他很严厉，又正是年富力强的时候，站在讲台桌前，挺直的腰板，梳一头黑黑的头发——他那头发虽然乌亮，却是蓬松着，一根根直戳戳地立着，总使我想起他给我们讲课讲解的"怒发冲冠"这个成语——我们学生都有些怕他。

　　第一次上作文课，他没有让我们马上写作文，带我们看了一场电影，是到长安街上的儿童电影院看的。（如今这家电影院早已经化为灰烬,在包括它在内的这一片地方建起了一个非常大的商厦。)我到现在还记得,看的是《上甘岭》。

那时,儿童电影院刚建成不久,内外一新。我的票子是在楼上,一层层座位由低到高,像布在梯田上的小苗苗。电影一开始,身后放映室的小方洞里射出一道白光,从我的肩头擦过,像一道无声的瀑布。我真想伸出手抓一把,也想调皮地站起来,在银幕上露出个怪样的影子来。

尤其让我感到新鲜的是,每一排座椅下面,都安着一盏小灯,散发着柔和而有些幽暗的光,可以使迟到的小观众不必担心找不到座位。那一排排小灯,让我格外感兴趣,觉得特别的新鲜,以至看那场电影时我总是走神,忍不住低头看那一排排灯光,好像那里闪闪烁烁藏着什么秘密或什么好玩的东西。

第一次作文,张老师让我们写的就是这次看电影,他说:"你们怎么看的,怎么想的,就怎么写,你觉得什么有意思,什么最感兴趣,就写什么。"我把我所感受到的这一切都写了,当然,我没有忘了写那一排排我认为有意思最新鲜的灯光。

没想到,第二周作文课讲评时,张老师向全班同学朗读了我的这篇作文。虽然,几十年过去了,我还记得特别清楚,他特别表扬了我写的那一排排灯光,说我观察得仔细,写得有趣。他那浓重的外地口音,我听起来觉得是那样亲切。那作文所写的一切,我自己听起来也那么亲切,好像不是我自己写的,而是别人写的似的。

童年的一颗幼稚好奇的心，让我第一次对作文产生了浓厚的兴趣。啊，原来自己写的文章，还有着这样的魅力！

张老师对这篇作文提出了表扬，也提出了意见，只是具体的什么意见，我统统忘记了，虚荣心让我光记住表扬。但是，我记得从这之后，我迷上了作文，作文课成了我最喜欢最盼望上的一门课。而在作文讲评时，张老师常常要念我的作文。他常在课下对我说："多读一些课外书。"我觉得他那一头硬发也不那么"怒发冲冠"了，变得柔和了许多。

有时，一个孩子的爱好，就是这样简单地在瞬间形成了。一个人的小时候，遇见一个好老师就是这样的重要。老师的一句简单的表扬，对于一个孩子就是这样的重要。

新年，我们全校师生在学校的小礼堂里联欢。小礼堂是原来的破庙的大殿改建的，倒是挺宽敞，新装的彩灯闪烁，气氛挺热闹的。每个班都要出节目，那天，我和同学一起演出的是话剧《枪》的片段。这是一出儿童团智斗日本鬼子的故事。演得正带劲的时候，礼堂的大门突然推开了，随着呼呼的冷风，走进来一个白胡子、白眉毛、白头发的老爷爷，穿着一件翻毛白羊皮袄，身上还背着一个白布袋……总之，给我的印象是一身白。走进门，他捋了捋白胡子，故意装出一副粗嗓门儿说道："孩子们，我是新年老人，我给你们送新年礼物来了！"同学们都欢呼起来了，他走到我们中间，把那个白布袋打开，倒出来一个个小纸包，递给每个同学一份。那里面装的是铅笔、橡皮、三角板，或是糖果。当我们拿着这些礼物止不住笑成一团的时候，新年老人一把摘掉他的白胡子、白眉毛和白头发，尤其是那一头白发，虽然是染的，但根根直戳戳竖立着，我立刻又想起"怒发冲冠"那个成语。哦，原来是我们的张老师！

第二年，他就不教我们了。他给我留下了这个白胡子、白眉毛和白头发的新年老人的印象。他给我一个现实生活中难得的童话！这种童话，只有在我小学四年级那种年龄才能获得，他恰当其时地给予了我。

当然，最后，新年联欢晚会上，张老师留给我难忘的回忆，我也写成了一篇文章。不过，是我长大以后的事情了。

可以说，没有张老师教我写的那第一篇作文，也就没有我以后所有的写作。

那片绿绿的爬山虎

1962年，过了暑假，我上初三，写了一篇作文《一张画像》，是写教我平面几何的老师，他个子不高，每天上课的时候，都抱着大三角板和圆规直尺的教具，教具高过他的头，显得他的个子越发的矮，样子非常好笑，让我觉得有点儿像漫画里的人物。但是，他的课上得很有趣，为人也很有趣，教我语文的田增科老师认为这篇作文写得也很有趣，便推荐这篇作文参加当时正举办的北京市少年儿童征文比赛，没有想到居然获奖。奖品是一支钢笔和一本《新华字典》，奖品虽然很小，但是陈列在学校大厅的陈列柜里，规格不低。

当然，我挺高兴。一天，田老师拿来厚厚的一个大本子对我说:"你的作文要印成书了,你知道是谁替你修改的吗?"

我睁大眼睛,有些莫名其妙。

"是叶圣陶先生!"田老师将那大本子递给我,又说:"你看看叶老先生修改得多么仔细,你可以从中学到不少东西!"

我打开本子一看,里面油印着这次征文比赛获奖的二十篇作文。我翻到我的那篇作文,一下子愣住了:首先映入眼帘的是红色的修改符号和改动后增添的小字,密密麻麻,几页纸上到处是红色的圈、钩或直线、曲线。那篇作文简直像是动过大手术鲜血淋漓又绑上绷带的人一样。

回到家,我仔细看了几遍叶老先生对我作文的修改。题目《一张画像》改成《一幅画像》,我立刻感到用字的准确性。类似这样的修改很多,长句子断成短句的地方也不少。有一处,我记得十分清楚:"怎么你把包几何课本的书皮去掉了呢?"叶老先生改成:"怎么你把几何课本的包书纸去掉了呢?"删掉原句中"包"这个动词,使句子干净了,也规范了。而"书皮"改成了"包书纸"更确切,因为书皮可以认为是书的封面。

我真的从中受益匪浅,隔岸观火和身临其境毕竟不一样。这不仅使我看到自己作文的种种毛病,也使我认识到文学事业的艰巨:不下大力气,不一丝不苟,是难成大气候的。我虽然未见叶老先生的面,却从他的批改中感受到他的认真、平和以及温暖,如春风拂面。

叶老先生在我的作文后面写了一则简短的评语：

　　这一篇作文写的全是具体事实，从具体事实中透露出对王老师的敬爱。肖复兴同学如果没有在这几件有关画画的事儿上深受感动，就不能写得这样亲切自然。

这则短短的评语，树立起我写作的信心。那时我才十五岁，一个毛头小孩，居然能得到一位蜚声国内外文坛的大文学家的指点和鼓励，内心的激动可想而知，涨涌起的信心和幻想，像飞出的一只鸟儿抖着翅膀。那是只有那种年龄的孩子才会拥有的心思。

这一年暑假，田老师找到我，说："叶圣陶先生要请你到他家做客！"

我感到意外。像叶圣陶先生这样的大作家，居然要见见一个初中学生，我自然当成人生中的一件大事。

那天，天气很好。下午，我来到东四北大街一条并不宽敞却很安静的胡同。叶老先生的孙女叶小沫在门口迎接了我。院子是典型的四合院，敞亮而典雅，刚进里院，一墙绿葱葱的爬山虎扑入眼帘，使得夏日的燥热一下子减少了许多，阳光都变成绿色的，像温柔的小精灵一样在上面跳跃着闪烁着迷离的光点。

叶小沫引我到客厅，叶老先生已在门口等候。见了我，他像会见大人一样同我握了握手，一下子让我觉得距离缩短不少。落座之后，他用浓重的苏州口音问了问我的年龄，笑着讲了句："你和小沫同龄呀！"那样随便、和蔼，作家头顶上神秘的光环消失了，我的拘束感也消失了。越是大作家越平易近人，原来他就如一位平常的老爷爷一样，让人感到亲切。

想来有趣，那一下午，叶老先生没谈我那篇获奖的作文，也没谈写作。他没有向我传授什么文学创作的秘诀、要素或指南之类。相反，他几次问我各科学习成绩怎么样。我说我连续几年获得优良奖章，文科理科学习成绩都还不错。他说道："这样好！爱好文学的人不要只读文科的书，一定要多读各科的书。"

他又让我背背中国历史朝代，我没有背全，有的朝代顺序还背颠倒了。他又说："我们中国人一定要搞清楚自己的历史，搞文学的人不搞清楚我们的历史更不行。"我知道这是对我的批评，也是对我的期望。

我们的交谈很融洽，仿佛我不是小孩，而是大人，一个他的老朋友。他亲切之中蕴含的认真，质朴之中包容的期待，把我小小的心融化了，以致不知黄昏什么时候到来，悄悄将落日的余晖染红窗棂。我一眼又望见院里那一墙的爬山虎，黄昏中绿得沉郁，如同一片浓浓湖水，映在客厅的玻璃窗上，不停地摇曳着，显得虎虎有生气。

那时候，我刚刚读过叶老先生写的一篇散文《爬山虎的脚》，便问："那篇《爬山虎的脚》是不是就写的它们呀？"他笑着点点头:"是的,那是前几年写的呢!"说着,他眯起眼睛又望望窗外那爬山虎。我不知那一刻老先生想起的是什么。

  我应该庆幸,有生以来第一次见到作家,竟是这样一位大作家,一位人品与作品都堪称楷模的真正意义上的大作家。他对于一个孩子平等真诚又宽厚期待的谈话,让我十五岁那个夏天富有生命和活力,仿佛那个夏天变长了。我好像知道了,或者模模糊糊懂得了:作家就是这样做的,作家的作品就是这么写的。

  在我的眼前,那片爬山虎总是那么绿着。

六十年间寸草心

初三那年,我写了一篇作文《一幅画像》,在北京市少年作文比赛中获奖,后由前辈叶圣陶先生逐字逐句修改而收进书中。那时候,教我语文课的是田增科老师,他刚刚大学毕业不久,比我大十三岁。如果不是他帮助我修改了这篇作文,并亲自推荐参加了作文比赛,我便不会获奖,更不会有幸由此结识叶圣陶前辈。

那篇作文是我第一篇变成铅字的文章。如果没有这样的一篇文章,我会那样迷恋上文学吗?我日后的道路会不会发生变化?这样一想,便十分感谢田老师。我永远难忘他将我的那篇作文塞进信封,投递进学校门前的绿色信筒里的情景;我也永远难忘当我的这篇文章被印进书中,他将那喷发着油墨清香的书递给我时比我还要激动的情景。那是春天一个细雨飘洒的黄昏。

　　初三那篇作文获奖，奖品是一支钢笔和一本《新华字典》。这两个小小的奖品，被学校放进一楼大厅的玻璃展柜里展览，这是同学们很少能够获得的待遇。那是高一刚刚开学不久。不知别的同学看见会做何等感想，它满足了我小小的虚荣心，也激起我的一点自信心。

　　读高中以后，田老师不再教我。但我还常去语文教研室看望他，心里对他充满感激。那时候，我们学校语文教研室的老师办了一个墙报《百花》，在教学楼一楼大厅后面的墙上，挂上几块墨绿色的乒乓球台，上面贴满了一张张四百字的稿纸。稿纸上，是用钢笔写的文章，有老师和高年级学长写的，还有校长写的。如我一样的初中生，很难在上面露面。这时候，我终于也能在《百花》上写文章了。田老师很关心，把我在《百花》上写的文章都看了，给我很多鼓励，也提出一些意见。

　　记得很清楚，田老师看了我写的一篇叫《除夕》的小说。小说写的是春节前学校组织春节晚会，传达室的老大爷看大门，无法参加，一个调皮的同学溜进传达室，递给老大爷一个厚厚的信封，就又匆匆溜走参加晚会去了。老大爷打开信封一看，里面有一封他们班长代表全班同学写给他的一封感谢信，还有同学们送给他的一张张贺年卡，每张贺年卡上都写着烫人的话语。文章最后，我写了这样一句自以为不错的景物描写："一轮明媚的月亮升起来了，几颗

第四部分　写作启蒙　　　　　　　　　　　　　　　　153

星星也跳上夜空，调皮地眨着眼睛……"用以渲染传达室的老大爷的感动心情。田老师看后，专门在《百花》上写了一篇文章，批评说除夕之夜是不会有"一轮明媚的月亮"的，写作要注意细节的真实，细节的真实来自对生活认真仔细的观察。

我还写过一篇叫作《弟弟》的小说，未交给《百花》之前，先请田老师帮我看看，小说写我和弟弟因到文化宫的大殿里打乒乓球闹出的一系列矛盾。田老师看后，在小说后面写了这样的批语："情节安排，我以为留有太深的雕凿痕，巧则巧矣，未能缝若天衣。"

这些批评意见，对我帮助很大，我很佩服田老师，在和田老师的交往中，感情一天天加深。

有一天放学之后，田老师邀请我到他家。那时，他刚刚结婚不久，学校分配他一间新房，在学校后面的白桥大街，离学校不远。到了他家，他从书柜的柜门里翻出了一个大本子，递给了我，让我看。本子很旧，纸页发黄，我打开一看，里面贴的全是从报刊上剪下来的文章。再仔细看，每篇文章的署名都是田老师。原来田老师曾经在报刊上发表过那么多的文章。

田老师指着本子上的一篇文章，对我说："这是我发表的第一篇文章，和你一样，也是读中学的时候写的。"

我坐在他家，仔细看了田老师的这篇文章，写的是晚上放学回家，他在公交车上遇见的一件小事，写得委婉感人，朴素的叙述中，颠簸的车厢，迷离的灯光，窗外流萤般闪过的街景……荡漾着一丝丝诗意和暖意。心里暗暗地和我写的那篇《一幅画像》做了个比较，觉得比我写得要好，更像是一篇散文化的小说。

田老师又让我看另一篇文章，对我说："这是我和你一样上高中时候写的。"这是一张剪报，上面配有一幅插图，写的是学生下乡劳动的归途中，突然天下大雨，学生们在一户农家避雨，写的也是小事。田老师写得依然委婉动人，没有那么多的学生腔，写的不是那时学生作文中常会写到的好人好事，也没有那时流行的结尾思想意义上的升华，更多写的是农舍房檐前雨雾飘洒的情景，学生农人交流的平常话语，却将雨和人的心情交融一起，弥漫着温馨的氛围，像一幅农家雨中图，挥洒着雨的背景中，点彩着几个写意的人物，晕染着朦胧美好的情致。

我把这一本简报从头到尾看完，一边看，一边悄悄在想，有这样好的基础和开端，后来怎么再没有见到田老师发表的作品呢？

田老师好像明白了我的心思，对我说："可惜，后来上了大学，读的理论方面的书多，我没有把这样的文学创作坚持下来。"然后，他望望我，又说："希望你坚持下来！"

我明白了田老师叫我到他家来的目的了。我知道他的心意，他对我的期望。

那天，田老师对我讲了很多话，不像对他的一个学生，像是对他的一个知心的朋友。印象最深的是，他特别对我讲起了他中学的往事，讲起了他读高中时候教他语文课的蒋老师。蒋老师曾经是清华大学英语系的学生，语文课讲得特别的好，经常给他们讲一些课外的文章，还借给他一些课外书，鼓励他多多看书，好好学习。高中毕业，那时田老师在河南洛阳，洛阳没有高考的考场，考场设在开封。全班五十二个学生，是蒋老师带着这五十二个学生，坐了四百里的火车，赶到开封，参加高考。为了防止学生意外生病，他还特意背着个药箱，细心周到地带着止泻药、防暑药。

田老师说他很感谢蒋老师，没有蒋老师，他不会从洛阳考到北京上大学。

我心里感到田老师就是像蒋老师一样的好老师，好老师，就是这样代代传承的。人的一辈子，在小学和中学阶段，能够遇到一个或几个好老师，真的是他或她的幸运，他或她的福分，因为可以影响他或她的一生。

我和田老师师生之间的友情，从我读初三一直延续至今，整整六十年之久，今年[1]田老师八十八岁了。日子过得那样快！六十年间，田老师一直对我关心鼓励有加。"文革"期间，他把他珍藏的《鲁迅全集》和《红楼梦》的脂评本借给我，对我说别管外面世界怎么样，还是得读书，要相信艺不压身。尽管我根本没有读懂，

---

[1] 指 2022 年。——编者注

但是，我还是听从了田老师的话，把《鲁迅全集》硬啃了一遍，并抄录了满满一本的鲁迅语录。尽管没有读懂，读了，抄了，就和没读没抄过不一样。学习的营养，在潜移默化之中；学习的成长，在读懂和不懂之间。田老师晚年曾经抄录过一句清诗送我：竹里坐消无事福，花间补读未完书。这是他的自况，但是，每当我看到这联诗，便想起他借我《鲁迅全集》和《红楼梦》的脂评本时对我说过的话。读书，是一辈子的事情。田老师是我一辈子的老师。

还有一件和读书相关的事情，让我难忘。当年我到北大荒插队，在那些个路远天长、心折魂断的日子里，田老师常有信来，一直劝我无论什么样艰苦的条件下，千万不要放下笔、放下书。在那文化凋零的季节，他千方百计从内部为我买了一套《水浒》和一套《三国演义》。在我从北大荒回家探亲假期结束要回北大荒的前夕，田老师骑着自行车，赶到我的家里把书送来。很难忘记那个雪后的夜晚，偏巧我去和同学话别没有在家，徒留下桌上的一杯已经放凉的茶和漫天的繁星闪烁，还有雪地上那深深的车辙。

我曾写过这样一首小诗，怀念寒冬雪后的那个夜晚——

   清茶半盏饮光阴，往事偏从旧梦寻。
   楼后百花春日影，雨前寸草故人心。
   老街几度野云合，小院也曾荒雪深。
   记得那年送书夜，一天明月照犹今。

//
那个多雪的冬天

　　许多眼前的事情，忘记得很快、很干净，相反，许多遥远的事情，却记得很牢，清晰得犹如昨天刚刚发生过的一样。1970年，我在北大荒抚远一个叫作大兴岛的猪号喂猪。猪号在农场最偏僻的地方，一般人很少到那里去，因为再往外走，就是一片无边无际的荒原。那一年，为了替几个被错打的"反革命"鸣冤叫屈，我自己差点没被一锅烩了。幸免于难之后，我被发配到猪号，那里除了一个叫小尹的山东汉子和我，再有就是一群猪八戒。冬天到来的时候，大雪一封门，我更是无处可去，只好闷在猪号里，随着雪飘来风打来，寂寞无着地一天天数着日子过。为了打发无所事事的光阴，特别是对付常常夜晚睡不着觉时袭来的心灰意冷和不期而至的暴风雪扑窗的号叫，我找了一个学生做作业的横格本，拿起了笔，买了一盒鸵鸟牌墨水，开始写一点东西。我最初的写作就是从那时开始的。

我一直认为，爱情和写作是那个时代我们这些处于压力和压抑中的知青两种最好的解脱方式。在没有爱情的时候，我选择了写作。收完工，把猪都赶回圈，将明天要喂猪的饲料满满地糊在一口硕大无比的大铁锅里，我和小尹也喂饱自己的肚子，我就可以拿出我的那个横格本开始写作了。我和小尹住在糊猪食的饲养棚旁边的一间用拉禾辫编的土房里。每天开始写作的时候，小尹都帮我把马灯的捻儿拧大，然后跑到外面的饲养棚里，往糊猪食的灶火里塞进南瓜。当他把烤好的南瓜香喷喷地递到我的面前，往往是我写得最来情绪的时候。那真是一段神仙过的日子，让我自欺欺人地暂时忘却了一切的烦恼，几乎与世隔绝，只沉浸在写作的虚构和虚妄之中。

我把那个横格本写满，写了整整十篇散文和小说。写作时候的那种快乐和由此弥漫起来的虚妄一下子消失了，因为那时所有的文学刊物都已经被停办，所有报纸上也没有了副刊，我有一种拔剑四顾茫然一片的感觉，找不到对手，找不到知音，我写的这些东西也找不到婆家，它们的作者是我，唯一的读者也只是我。我不知道自己写的这些东西的价值，是不是我想象中的文学，还值不值得再继续写下去。如果这时候能够有一个人为我指点一下，那该多好。但是，那时，我能够找谁呢？我身边除了小尹和这群猪八戒，连再见一个人的机会都难，到农场场部穿小路最近也要走十八里地。窗外总是飘飞着大雪，路上总是风雪茫茫。

一个熟悉的老人，在这时候突然出现在我的脑海里，那就是叶圣陶先生。其实，我和叶老先生只有一面之缘，我能够找他，麻烦他老人家吗？我读初三的时候，因为一篇作文参加北京市作文比赛获得了一等奖，叶老先生曾经亲自批改过这篇作文，并约请我和另外一个同学到他家做客。只是见过这样一次面，好意思打搅人家吗？况且，又是在这特殊时期，老人家是在被打倒之列，不是给人家乱上添乱吗？但是，我不死心，最后，我从那十篇文章中挑选了其中的第一篇《照相》，寄给了叶圣陶先生的长子叶至善先生。当然，这更有些冒昧，因为我只是在初三那年拜访叶圣陶先生的时候见过叶至善先生一面，他只是在我进门的时候和我们打了一个招呼，送我们走进叶圣陶先生的房间而已，甚至我们都没有说过什么话。但我知道他那时候是中国少年儿童出版社的社长兼总编，是一位自1945年就开始在开明书店工作的经验丰富的老编辑，也是一位有名的作家，他和叶至诚、叶至美三兄妹合写过《三叶集》，我还在上小学的时候看过他写的科幻小说《失踪的哥哥》。跑了十八里地，把信和稿子寄出去了，我不知道会有什么结果。因为我不知道他会不会还记得八年前曾经到他家去过的一个普通的中学生？

没有想到，我竟然很快就接到了叶至善先生的回信。我到现在还清晰地记得那天的情景，我们的信件都是邮递员从场部的邮局送到队部，我们再到队部去取。那天黄昏，是小尹从队部拿回来信，老远就叫我的名字，说有我的信，到那时我也没觉得会是叶先生的回信。接过信封，看见前面的是陌生的字体，下面一行却是熟悉的发信人的地址：东四八条71号。我激动得半天没顾得上拆信。我当时只是一个普通的中学生，只是一个插队知青，天远地远的，又在那么荒凉的北大荒，叶先生竟然那么快就给我回信了。许多不可能的事情，往往就这样发生了。

说来也巧，那时，叶至善先生刚刚从"五七"干校回到北京，暂时赋闲在家，正好看到了我寄给他的文章。他在信中说他和叶圣陶老先生都还记得我，他对我能够坚持写作给予很多鼓励，同时，他说如果我有新写的东西，再寄给他看看。我便立刻马不停蹄地把十篇文章中剩余的篇章陆续寄给了他。他一点不嫌麻烦，看得非常仔细认真，以他多年当编辑的经验和功夫，对我先后寄给他的每一篇文章，从构思、结构，到语言乃至标点都提出了具体的意见。我修改后再把文章寄给他，他再做修改寄给我，稿件和信件的往返，让那个冬天变得温暖起来，我的写作来了情绪，收工之后点亮马灯接着写，写好之后接着给他寄去，然后等待着回音，成了那些日子最大的乐趣和动力。他从来没有怪罪我的得寸进尺，相反每次接到我寄去的东西，都非常高兴，好像他并没有把我对他的麻烦当成麻烦，相反和我一样充满乐趣。每次他把稿子密密麻麻地修改后寄给我，在信中总会说上这样的一句话："用我们当编辑的行话来说，基本可以'定稿'了。"这话让我增加了自信，也让我看得出他和我一样的高兴。

让我最难忘的一次，是我接到他一封厚厚的信，在此之前，我从来没有接过他这样厚的信。我拆开来一看，是他将我的一篇文章从头到尾大卸八块修改了一遍，怕我看不清楚，亲自替我重新抄写了一遍寄给我。望着他那整齐的蓝墨水笔迹，我确实非常感动。在我的写作生涯中，可以说我接受了叶圣陶和叶至善父子两代人如此细致入微的帮助，他们都是做了这样大量的工作，给予我如此看得见摸得着的指点，可以说是手把手引领我步入文学的领地。他让我感受到那个时代难得的无私和真诚，那种对文学和年轻人由衷的期待和鼓励，叶先生那一辈人宽厚的心地和高尚与高洁的品质，是我们这一代人永远难以企及的。

在叶至善先生具体的帮助指点下，我在那个冬天一共完成了两组文章："北大荒散记"和"抚远短简"。第二年春天，也就是1972年的春天，全国各地的报刊都在搞纪念毛主席的《在延安文艺座谈会上的讲话》发表三十周年的活动，征文成为最普遍的一种形式，我先拿出了那十篇文章的第一篇《照相》，装进信封里，只是在右上角剪一个三角口，不用贴邮票，先寄给了我们当地的合江日报社，真的像叶先生说的那样："用我们当编辑的行话来说，基本可以'定稿'了。"很快就发表了。花开了，春天真的来了。新复刊的《黑龙江文艺》（即《北方文学》），很快在副刊号上也选用这篇《照相》（当时《北方文学》的编辑后来的副主编鲁秀珍同志亲自跑到我喂猪的猪号找我，当然，那是另一则故事了）。以后，我写的那两组文章中不少文章也发表了，尽管极其幼稚，现在看起来让我脸红。但是，令我永远难忘的是，在我最卑微最艰难的日子里，叶先生给予我的信心和勇气，让我看到了文学的价值和力量，以及超越文学之上的友情与真诚、关怀与期待的意义和慰藉。

可惜的是，如今的杂乱无章，我一时没有找到当初叶至善先生写给我的那些珍贵的信，但我找到其中抄在我的笔记本上的一封——

复兴同志：

寄来的四篇稿子，都看过了。

《歌》改得不差，用编辑的行话来说，基本上可以"定稿"。我又改了一遍，还按照我做编辑的习惯，抄了一遍。因为抄一遍，可以发现一些改的时候疏忽的地方。现在把你的原稿和我的抄稿一同寄给你。

重要的改动是第二页，把首长交给"我"的任务，改成："寻找作者，了解创作思想。"文章结尾并没有找到作者，可是这支歌的创作思想似乎已经说清楚了。这样改动勉强可以补上原来的漏洞。

有些地方改得简单了一些，如第一页，既说"到处可以听到"，似乎不必再列举地点。谁唱的这支歌，后文已经讲到，所以也删掉了。有些地方添了几句，是为了把事情说得更明白些。

关于老团长在南泥湾的事迹，我加了一句。用意在于表现一个普通战士，经过革命的长期锻炼，现在成了个老练的领导干部。

有些句子，你写的时候很用心思，可是被我改动或删去了，如"歌声串在雨丝上……""穿梭织成图画……"两句，不是句子不好，而是与全篇的气氛不大协调。

要注意，用的词和造的句式，在一般情况下要避免重复。只有在必须加强语气的时候，才特地用重复的词，用同样的句式。

《歌声》改得不理想，也许我提的意见不对头，也许是对要写的主角，理解还不够深。是不是把这篇文章的初稿和我提的意见一同寄给我，让我再仔细想想，看问题究竟出在哪儿，有没有再做修改的办法。

《树和路》也不好，写这种文章需要高度的概括能力。没有什么情节，又不能说空话，即使是华丽的空话。是否暂时不向这个方向努力，还是要多写《歌》那样的散文，或者写短篇小说，作为练习。

《球场》那篇，小沫（叶至善先生的女儿——肖注）说还可以，我觉得有些问题，让我再看看，给你回信。

这三篇暂时留在我这里吧。

想起《照相》，我以为构思和布局都是不差的。不知你动手改了没有。主角给"我"看照片的一段要着力改好，不要虚写（就是用作者交代）的办法，要实写，也就是写主角介绍一张张照片的神态和感情，这种神态和感情，主要应该用他自己的语言来表达。我希望这篇文章能改好。如果再寄给我看，就把原稿和我提的意见一起寄来。

你的朋友之中，有没有愿意像你一样下功夫的，如果他们愿意，可以寄些文章给我看看。我一向把跟年轻作者打交道作为一种乐趣。

祝好。

叶至善

1971年

虽然已经过去了三十三年，这封信现在看，我相信对于一般人还是有意义的。对于我，更是充满着亲切而温暖的回忆。在那个多雪的冬天，盼望着叶先生的信来，是最美好的事情了。

//
投稿记

说来难忘，我是78级的大学生。那一年，报考中央戏剧学院，考戏剧文学常识和写作两门，前者试卷上有一道解词的题："举国欢腾"和"百废俱兴"的"举"和"俱"各自的词义。我答对了后者，却答错前者。这两个成语，具有我们国家和我们这一代人的特殊年代感，和我完全个人化的考试记忆，竟然如此密切地联系在一起。

在共和国70年的历史中，有些年月，千载难逢，不同寻常，无论对于历史，还是对于个人。

70年代末，就是这样的一段年月。

那时候，"四人帮"刚刚被粉碎，国家和民族正处在一个历史的转折关头，才忽然觉得悲尽兴来、物换星移，才一下子觉得报国有门、济世对策，也才真正明白了"举国欢腾"和"百废俱兴"是什么意思，仿佛天都格外的蓝了起来。

那时候，我在北京郊区的一所中学里教书，业余时间到丰台文化馆里参加文学活动。文化馆里聚集着一群爱好文学的志同道合者，其中有后来成为报告文学家的理由、小说家毛志成、儿童文学家夏有志、不幸英年早逝的评论家张维安……不过三尺微命，都是一介书生，在此之前，大家并不认识，却仿佛惊蛰后的虫子一下子冒出来似的，相逢何必曾相识一般聚在了一起，坚信东隅已逝，桑榆未晚，将一份几乎丧失殆尽的文学旧梦，像是普希金童话诗里那条小金鱼一样，让渔夫撒网终于又捞将上来。

那时候，我们一起编一本叫作《丰收》的内部文学杂志，和那个"百废俱兴"的氛围是那样的吻合，在那间也就十平方米的小屋里，激情和想象，争吵与辩论，总会爆棚而能够把屋顶掀翻。或是剪灯听雨、拍窗对月，或是清茶浊酒、白雪红炉，或是干脆吃着五分钱一个的烧饼，喝着白开水，润着早已经争执得沙哑的嗓子，将我们彼此写的小说或诗歌，像在舞台上一样充满感情地朗诵着，然后相互毫不留情地批评，突然冒出的好建议和噼噼啪啪的煤火一起蹿起来。我们甚至为文章里多的几个白勺"的"字到底要还是不要而激烈地争论着，仿佛如同哈姆雷特在追问"是生还是死"一样认真而执着。

我们也常常结伴，骑着自行车，一列长龙浩浩荡荡地从郊区出发，把车铃转得山响，一路迤逦而来，杀向王府井的新华书店，不惜排小半天的长队，为了买那些重见天日、让我们渴望已久的古今中外名著。那时，托尔斯泰的《复活》1.85元一本、雨果的《九三年》1.15元一本、两本《古文观止》1.5元，一套《唐诗选》才2.1元……

　　文化馆文学组的组长是理由，他大我整整十岁，为了能够让我抽出一段时间专门到文化馆里安心地创作，他骑着他那辆破摩托车跑到我们的学校里，磨碎了嘴皮子，找校长为我请假。他还是骑着那辆破摩托车大老远地找到我的家，为的是带上我风驰电掣地穿过半个北京城，跑到小西天的电影资料馆去看一场当时的内部电影。而在大雪纷飞的春节头一天，张维安一身雪花，雪人一样推开了我的家门，为了只是因文学而联系在一起的情感，还有一点点当时他那么坚定的希望，他总是果断地鼓励我说："你行，一定能行！"

　　我对自己的写作并没有信心，而且，投稿对于我来说更觉得山高水远，烧香找不到庙门一样渺茫，心里充满忐忑，却莽莽撞撞地开始了我投稿的生涯。那时候，投稿很简单，将稿子塞进一个牛皮纸的大信封里，在信封的右上角剪下一个三角口，再在信封上写上"稿件"二字，连邮票都不用贴，直接扔进信筒就行了。至于稿子是一去豪门深似海，泥牛入海无消息，还是幸运地得以刊用，全凭稿子的质量，再有就是运气了。

　　我底气不足，投寄进绿色信筒里的第一篇稿子，并不是我自己，而是我的中学语文老师田增科。我写了纪念周总理的一篇两千多字的散文《心中的歌》，先拿给田老师看，他觉得写得可以，便替我做主，装进信封，写上地址，在信封上剪下一个三角口，投寄给《北京日报》。投寄出去，我心里依然没有底，本是抱着出师未捷身先死的，没有想到很快就刊发在报纸的副刊上。那时，报纸刊物没有如今遍地开花这样多，几乎每个单位都订有《北京日报》，看到的人很多。两千多字的文章，不是豆腐块，占了报纸老大的版面，很是醒目。

我清楚地记得这篇散文的稿费是6元钱。稿费单是寄到我教书的中学里的，学校里的老师和我一样都是第一次见到稿费单，很好奇，便像新闻传开了。有一天，校长特意把我叫到他的办公室里，因为当时我和年迈多病的母亲相依为命，生活拮据，每年过春节的时候，学校都会给我一些补助，这一次校长笑着对我说："你有稿费了，补助就给你一半吧，免得老师们有意见。"我们的校长是西南联大毕业的，他送我出校长室的时候，又对我说："稿费每千字3块钱，太少了，还不如我们在昆明的时候呢。"不管多少，这是我得到的第一笔稿费。事过多年之后，田老师替我打听到了，刊发我这篇散文的编辑是赵尊党先生。

初次试水，出师告捷，给了我一点儿信心。1977年的年底，我写下我的第一篇小说《一件精致的玉雕》，文学组的同伴看完后觉得不错，像田老师一样，替我在信封上写下地址，再剪下一个三角口，寄到了《人民文学》杂志。《人民文学》是和共和国同龄的老牌杂志，是文学刊物里的"头牌"，以前在它上面看到的尽是赫赫有名的作家的名字。那时候，刘心武的小说《班主任》刚刚在《人民文学》上发表，轰动一时，《人民文学》自然为众人瞩目。如果不是文学组好心的伙伴替我直接寄出了稿子，我是不敢的。

没过多久，学校传达室的老大爷冲着楼上高喊有我的电话，我跑到传达室，是一位陌生的女同志打来的。她告诉我，她是《人民文学》的编辑，小说他们收到了，觉得写得不错，准备用，只是建议我把小说的题目改一下。他们想了一个名字，叫《玉雕记》，问我觉得好不好？我当然忙不迭地连声说好。能够刊发就不容易了，为了小说的一个题目，人家还特意地打来电话征求一下你的意见。光顾着感动了，放下电话，才想起来，忘记问一下人家姓什么了。

1978年的第4期《人民文学》杂志上刊发了这篇《玉雕记》。我到现在也不知道打电话的那位女同志是谁，不知道发表我的小说的责任编辑是谁，那时候，我甚至连《人民文学》编辑部在什么地方都不清楚，寄稿子的信封都是文学组的伙伴帮我写的。一直到二十年后我调到《人民文学》，我还在打听这位女编辑是谁，杂志社资格最老的崔道怡先生对我说，应该是许以，当时，她负责小说。可惜，许以前辈已经去世，我连她的面都没有见过。

如果说文学作品有"处女作"之说，投稿也应该有属于自己的"处女投"。真正属于我的"处女投"，是寄给《诗刊》的一组儿童诗。说是一组，其实统共就两首，完全仿照泰戈尔《新月集》写的。大概前面两次投稿都还顺利，壮了我的胆的缘故吧，我在信封上写上"寄《诗刊》编辑部收"，把稿子装进去，再在信封右角剪了一个三角口，就扔进了邮筒。这是我第一次自己往外寄出的稿子，感觉真有些异样。那时候，大街上的信筒是老式的，绿色的，圆圆的，半人高，以前也曾经不止一次往里面投寄信件，但是，都是贴上邮票的呀。这样不贴邮票，就剪下一个三角口，能寄到吗？然后，马上打消了自己这样小心眼儿的念头，以前两次寄出的稿子，不是都寄到了吗？你的手气就这么差？

那时，《诗刊》编辑部在虎坊桥，我每天从学校下班都要路过那里倒车回家。在他们编辑部的门口有一块大玻璃窗，每一期新发表的诗，他们都选出一些，用毛笔手抄在纸上，贴在玻璃窗里，供过往的行人观看。玻璃窗前总会围着好多的人，一行一行把诗看到底，那时人们关心诗，就像如今人们关心橱窗里的时装秀一样，诗和文学离人们那样近。有一天黄昏下班路过那里，我忽然看见我的那两首诗居然墨汁淋漓地抄写在玻璃窗里，题目改成了《春姑娘见雪爷爷（外一首）》。题目下面就是我的名字。最后一行，写着"选自《诗刊》1978年第6期"。我的心跳都加快了，玻璃窗里我的那些幼稚的诗句，好像都长上了眼睛一样，把所有的目光聚光灯似的打在我的身上。这是我第一次发表的诗，也是我唯一一次发表的诗。只是，到如今，我知道了所有发表我作品的责任编辑，却始终不知道发表我的诗的编辑是谁。

对于我,"处女投"和"处女作"的作用与意义相同。它让你有了信心,也让你见识了世道人心,那些你根本就不认识的编辑,让你触摸到并不敢忘怀的文学的良知、善意和温暖种种应该拥有的本义。

就在我对投稿有了一些信心的时候,投稿开始不再那么顺风顺水。我写了第一篇报告文学《剑之歌》,是写当时在马德里世界击剑锦标赛上负伤勇夺银牌的击剑女将栾菊杰的教练文国刚。寄给几处,不是退稿,就是石沉大海,这让我对这篇报告文学的质量打了问号。还是丰台文化馆文学组的同伴不服气,把退回的稿子换了个信封,转手要寄给《雨花》杂志,说栾菊杰和文国刚都是南京人,《雨花》也是南京办的,可能会认的。我拿过信封,自己给《雨花》杂志寄了出去。反正,也不用贴邮票,就是在信封上剪个三角口嘛。或许,真的会是东方不亮西方亮。

那一年冬天,我考上了中央戏剧学院。第二年春末的时候,我接到《雨花》杂志的一封电报,要我速去南京改稿。正在上课,学校不准请假,只好熬到放暑假,我到了南京。记得很清楚,我到南京的那天是清晨,路上的行人很少,只见有一些老人躺在马路边上的凉椅上乘凉。刚刚下过一点小雨,地上有些湿润,风很清爽。按照地址找到《雨花》编辑部,站在大门口,怎么看怎么面熟,好像在哪儿见过。想了想,是在电影里,这不就是当年蒋介石的总统府吗？心想《雨花》编辑部真会找地方。

接待我的是《雨花》当时主编顾尔镡先生。我知道，他是位著名的剧作家，写过话剧《峥嵘岁月》。他是粉碎"四人帮"后我见到的第一位作家，身材魁梧，仪表堂堂，面容可亲。他出现在我面前的样子，给我印象太深：穿着一条短裤衩子、一件和尚领的大背心，摇着一个大蒲扇，和我在街上见到的那些躺在凉椅上乘凉的老人没什么两样。他让编辑先安排我住下，就住在编辑部旁边的招待所里，招待所旁边就是太平天国天王府的西花园，热是热点儿，风景十分不错。下午，顾尔镡先生来看望，对我说："这房间太热，你晚上要是改稿子就到我们编辑部，那里电风扇多，也风凉些。"便让编辑给我一把编辑部房门的钥匙。

那一年的夏天，南京非常热，每天趴在桌子上用两台电风扇前后身吹着改稿，听顾尔镡先生摇着大蒲扇说些和稿子有关或无关的事情，然后到新街口闲逛，到鸡鸣寺吃小吃或到天王府的西花园散步，过的是我有生以来最惬意的日子。它让我不仅学会了文学上的许多东西，更让我感受到由文学的真诚所弥漫起的平和与温馨的氛围。1979年10月，我的这篇经顾尔镡先生指导修改的报告文学，发表在《雨花》杂志的头条位置上。

那时候，文学是多么的纯，人与人之间的关系是多么的纯，就像那时没有雾霾没有酸雨没有沙尘暴的天空一样，让我的呼吸那样的顺畅。都是一些素不相识的编辑，都是沙海淘金一般从自然来稿里的选择，没有一点如今已经越来越复杂而且是见多不怪的机心巧智与人际关系，以及由此编织的蛛网一般的网络。没有一点如今被金钱拨弄、物欲所役所浸淫的尿迹一般发酵的痕迹。无论是作为作者的我们，还是素昧平生的编辑，不敢说那时都在做青史文章，却敢说那时没有一丝如今的朱门歌舞与后庭软花的气息。认真，热情，单纯，简单，就像当年我爱用的碳素墨水洇在纸面上一样，黑是黑，白是白，那样的清晰，那样的爽朗；就像当年的雪花飘落在地上一样，没有如今还没等落下就很快被污染的模样，或被我们人工有意装点成五彩的冰灯雪雕似邀宠的模样。曾经心想，那时候我投稿的经历，大概并非仅属于我自己的个例，很多作者都曾经和我一样拥有过相似的经历，因为我们毕竟身处同一个时代。我分外怀念那一段年月。

　　非常有意思的是，我从南京修改完《剑之歌》回到家后的第三天，我的儿子落生。如同小鸟啄破蛋壳似的，他睁大了一双明亮的眼睛，望着对于他陌生的世界，和对他对我们一样崭新的时代。

//
戏剧学院笔记

1978年到1982年,我在中央戏剧学院读书四年,是粉碎"四人帮"之后恢复高考戏剧学院招收的第一批学生。课余爱去的地方,是学院的小礼堂。那里是表演系和导演系的天下,舞台上,几乎每周都有排练。排练时,门户开放,电影学院、外语学院的不少同学,闻讯纷纷赶来,一边观看,一边眉来眼去,谈谈有始无终或始乱终弃的恋爱。当时,姜文、岳红、吕秀萍等人排练的好多小品,我都是在那里看到的。

戏剧学院表演、导演系的教学,重视并讲究小品的训练,有一整套的教学方法。小品的品种很多,有生活模拟小品,有形体表现小品,有音乐小品,有无声或无实物表演小品……其中一种声响效果小品，最吸引我。这种小品，最后落幕前要把戏剧高潮集中在一种声音上，比如，钟声、雷声，或者盘子摔碎、墙上的画框落在地上的声音等等。这种小品，不仅考验表演者的表演能力，更考验构思能力，让前面所铺排的一切，千条江河归大海，最后浓缩集中在一种声音上，瞬间如花訇然绽放，有一种独具魅力的艺术回味，颇类似欧·亨利的短篇小说。这样的小品，对我的写作有很大的启发，让我感悟到戏剧和文学之间天然的关系。有丰富戏剧营养的作家，文学创作的笔墨会更多样更充盈；有丰富文学修养的演员或导演，表演的深度和厚度会更绵长蕴藉。

在小品训练中，表演系的老师要求他们的学生先到生活中去观察，搜集素材，然后再来组织自己的小品，不能闭门造车。他们后来在电视台演出过的有名的小品《卖花生仁儿》，就是这样产生的。我们戏文系的老师也要求我们注意生活的观察和积累，叫作磨刀不误砍柴工。

这一点要求，非常重要，也是我在戏剧学院学习四年最为重要的一种训练和收获。

我有几个笔记本，记的是生活中的点点滴滴，类似表演系学生做小品之前的生活素材的积累，或者像舞美系同学随身携带的速写本。这几个本子对我的写作帮助很大，可以说是写作的基本功训练。将近四十年过去，硕果仅存，如今只剩下一个绿皮小本。重新翻看这个笔记本，如同重返校园，和自己的青春重逢。笔迹歪斜，雪泥鸿爪，挑选一些，摘录如下——

表演系进修班一个女同学，和我们戏文系一个男同学恋爱开始时，对男同学说："我演过一百多个角色，有时在生活中分不出我是在演戏，还是在平常普通的谈话。"

"那现在呢？你是在演戏，还是在和我说话？"

"看你说的，我是说有时候，进入角色的快感，你一点儿也不懂！"

分手时，她把一叠礼物还给他，对他说："人变了心，礼物也显得轻了！"——这是莎士比亚的一句台词。

月夜。

"你记得莎翁《威尼斯商人》最后一幕，罗兰佐对他的情人说过的话吗？'好皎洁的月色！微风轻吻着树枝，不发出一点声响，我想正是在这样一个夜晚，特洛伊罗斯登上了特洛亚的城墙，遥望克瑞西达所寄身的希腊人的营盘，发出他内心中的悲叹！'"

"知道，后来克瑞西达变了心。我知道！"

"那你呢？"

"不知道，我只知道克瑞西达，不知道自己。"

他说话爱提名人。

有一次,讲起编剧的方法,他对同学说:"车尔尼雪夫斯基说合理的个人主义……亚里士多德讲悲剧,一是英雄人物死亡,一是顺境变逆境……有这两条够了,你就编去吧!"

有一次,编剧进修班的一个同学请教他,他问人家:"你来这里几年了?"

"三年了。"

"莫里哀流浪了十三年,才写出第一个剧本。"

一次,谈起恋爱中漂亮和爱的关系,有同学说漂亮最重要,一见钟情就是因为首先看到的是漂亮。有同学说爱重要,情人眼里出西施,母猪也能是貂蝉。

他说:"美不存在被爱者的身上,存在爱者的眼中。'猫抓老鼠,只要抓自己的眼睛就可以了。'这是狄德罗说的。"

你不觉得他是莎士比亚的一个杰作吗?
是,是《奥赛罗》里的埃古。
你不觉得她是曹禺的一个杰作吗?
是,是《日出》里的老翠喜。

人家的人生道路,讨论了这么久,你一句话就完了,这么简单?

牛顿的物理定律，欧几米德的几何定律，都是这样几句话就说清楚了。

那你的话就是牛顿的物理定律，欧几米德的几何定律了？

这几段笔记，明显带有戏剧学院的色彩。当时，刚粉碎"四人帮"不久，四方洞开，八面来风，校园里，充满百废待兴、唯新是举的气氛。进了戏剧学院的学生，更愿意显示自己的身份特点，常常把那些戏剧家尤其是外国戏剧家，如莎士比亚、莫里哀、迪伦马特、奥尼尔、契诃夫、万比洛夫等人挂在嘴头，就像大家出门特别愿意把戏剧学院的校徽挂在衣襟上一样，坐公共汽车，售票员的小姑娘都会高看几眼，常常是大家逃票的挡箭牌。如果换一个环境，哪怕是换一所学校，再说这样的话，都不合适，会让人觉得造作。在戏剧学院里，一点儿没有违和感，大家听了，都觉得特别有趣，常常会心会意。人们常会忽略或者模糊现实与戏剧中的界限。在那所小小的校园里，迟到的青春，在课堂内外和书本上下跳进跳出，借助戏剧情景，回光返照。

我特别愿意把听到的这样的话，看到的这样的事，记录下来，在晚上宿舍熄灯之后，讲给大家听，大家哄笑之后，又给我补充好多，笑声更是此起彼伏，成为课堂教学的一种延伸。

还有一类，我也特别愿记，便是生活的点滴，是从表演系的同学排练小品受到的启发，因此，对人物的对话尤其感兴趣。对话，是话剧中表现艺术的重要手段,和小说中的人物对话相似,又不尽相同,比小说更丰富(因为得有潜台词),更精练(因为舞台的限制不能如小说啰嗦过于随意),更具有现场感(因为对面就是观众而不是看不见的读者)。笔记中记录的这些对话,都非常生活化,自己瞎编或想象,是编不出来的。对于人物对话的敏感和重视,得益于戏剧学院四年的读书,特别是表演系的小品——

你这头是哪儿剃的?

你猜!

你告诉我嘛!

不,你猜!

我妈那儿。对吧?

就在一拐弯儿那个理发店。

你看嘛,就是我妈那儿,是我妈给你吹的风吧?

不知道,我又不认识你妈!

个子高高的。

不,矮矮的。

最里边的那个?对吗?

不对。

得了吧!我妈吹的风,我一看能看出来。

这次,你看错了。

行啦,你别逗我了。

我干吗逗你呀。是个小姑娘给我剃的头嘛!

不理你了!找你那个小姑娘去!

两个同学吃早点。一个撕开包装纸吃面包,一个吃馒头。

你看,你吃面包,我吃馒头。

还不都一样,都是面粉做的。

那可不一样。你的穿着漂亮的衣服呢,我这是裸体。

真想找你,又不敢,只好老找下雨天去,你家又住在院子最里边,两边屋里的人一看我来,都把脸贴在窗户玻璃上,好像看一个从火星来的人。

有一次,你给我读一首诗,我就站在你身后,看见你嘴唇上长着一层茸茸的小毛毛,不像现在有了扎人的胡子。当时,你以为我一定在注意听你读呢吧?

我喜欢《七月》这本诗集,多么热烈,看得你心里发烫!

得了吧,你喜欢那妞儿的大脚丫子吧,像一艘船,看得你心里发烫!

真庸俗!

我不明白,怎么一提起脚丫子就是庸俗了呢?人没脚丫子能行吗？怎么走路？照你那么说，澡堂子里修脚师傅是世界上最庸俗的人了？那么，有了鸡眼，找谁呢？

你手里有大鬼，又有小鬼，还有本主二，那么多的好牌，怎么让你打砸了呢？

就是因为好牌太多了！

好牌多还不好？那让我们一手孬牌的还怎么个活法儿？

好牌多，就不知道怎么出牌好了，也容易嘚瑟，三犹豫，两嘚瑟，就崴泥里去了。

木材厂一车间女党支部书记，看中了车间的一个工人，人实在，长得也英俊，她找他谈对象。

我可不想找您这样的。

你想找什么样的？

稍微落后点儿的。

为什么呀？

您看呀，我就是一穷工人，没门路，没本事，工资低，住房条件差。比如以后我要盖间小房，缺根檩条，怎么办？我得从厂子里偷一根。您是党支部书记，看着不顺眼，揭发我吧，心里又不落忍。可是，您每天看着檩条堵心，您说咱俩这日子能过一块儿吗？

她乐了，对他说：我让车间主任批个条子，批你一根檩条,不就全结了!

公园的小亭子里,常有俩老头儿在那里唱戏,一人坐着拉胡琴,一人站着唱,用手里的拐棍儿打着拍子。唱到好处,众人叫好。唱到高处,引颈如鹅。唱到最高音唱不上去了,笑道:"费劲了,早年可不是这样!"

拉琴的老头儿笑问:"早年?早年是什么时候?梅兰芳时候,还是马连良时候?"

旁边人起哄道:"是钱浩梁的时候!他唱'临行喝妈一碗酒'最来劲!"

笔记上,也记录了很多生活细节或场景,也有一些人物命运的悲欢离合。这样的笔记,一般会比较长,摘录几段稍微短一些的,可以看出当时我的兴趣点和关注点——

表演系的一个男同学,说话时总找胸腔共鸣,嗡嗡的,跟个音响似的。他还特别爱在水房里背台词,水房在戏文系宿舍的楼上,房间小,水哗哗流动中,发出的声音带水音儿,共鸣效果最好,挺好听的。但是,一大清早就听见他那带水音儿的台词朗诵,特别招人烦。后来,他在一出大戏里,扮演一位伟人,全剧中只出场几分钟,只有一句台词,声音并不嘹亮,而且,也没有水音儿。一打听,原来他的嗓子莫名其妙地坏了。

十三年没见,他到她的单位找到她,毕竟读中学的时候是朋友。

"你还认识我吗?"

望着他那一脸大胡子,她没有认出他来,更叫不出他的名字,却说:"怎么会不认识!"

送他走后,在传达室的来客登记本上,她才看到他的名字。但是,这个名字对于她很陌生。

文百灵。武画眉。

早晨,老头儿提着鸟笼遛鸟。百灵鸟笼矮些,画眉鸟笼大些。遛鸟时,百灵笼要晃动的幅度大些,它才会高兴。打开鸟笼,画眉飞出来,飞到树枝上,快活地叫一阵子,又飞回鸟笼。

喂它们的都是精食。玉米面和蛋黄合在一起,晾干,搓成粉末;夏天天热,放点儿绿豆粉,败火;还得捉些活虫儿,给它们尝鲜。

百灵叫得好听,它能模仿各种声音,小鸟的叫,蝈蝈的叫,钟摆的声音,连对过小车吱吱声,小河流水的哗哗声,都会。但是,如果小孩撒尿,老头儿提起鸟笼,赶紧离开,怕是

"脏鸟"。

画眉叫得比百灵声高、粗、响。它像是粗大健壮的小伙子,百灵像能织善绣的闺女家。

鸟笼中央,有一根横棍儿,上面沾满粗拉拉的沙子,为了给鸟挠痒痒。有时,老头儿伸出筋脉突兀的手,用长长的手指甲,轻轻地给鸟梳理羽毛,鸟舒服地立在横棍儿上,懒洋洋地望着太阳,惬意极了,就像恋爱时被情人抚摸。

"鸟通人性,它也知道享受。"老头儿说。

那时候,学校里也举办一些活动,印象比较深的,是舞美系举办过一次学生作品画展,表演进修班的李保田举办过一次他个人的画展。展览都在教室里,规模不大,很简陋,但是,洋溢着那时候勃发旺盛的青春气息。两次画展,我都去了,舞美系的画展,在每幅作品旁边,有学生为画作写的简单说明。这些题句,有些像诗,比我们戏文系写的都要好。幸运的是,笔记本上居然还留有当年的记录——

《雨中》:画它的时候,我没穿雨衣,也没打伞。

《小路》:我喜欢小路,它崎岖,画它的时候,我省略了其他。

《爱情》:一对并排在一起的白杨,多像树木中的情侣。

《白杨林》：它使我感到音乐有了形状。

《蓝色的湖泊》：秋天一片枯黄的山中，难得有一汪如此蓝蓝的湖泊，被人遗忘。

我们戏文系曾经办过一次墙报，大家把写的诗呀散文或剧本，抄在稿纸上，贴在一块黑板上。别的诗文包括我自己写的，都忘记了，唯独有一首小诗，至今记忆犹新，题目叫《简爱》，就一句："把繁体字愛中的心去掉了。"写诗的是和我住同宿舍的一位上海人，我称赞他写得好，像北岛写的《生活》，全诗就一个字"网"一样的好，无尽的感喟都浓缩在这一个字、一句话里面了。

笔记本还在，那种纯真而又诚挚的学生时代，远去了。

第五部分

写作方法论

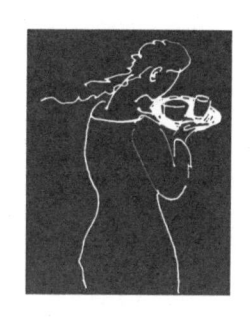

//
写好一句话开始

　　写好一句话,不那么容易。美国作家安妮·迪拉德,在她的《写作生涯》一书中说:"喜欢句子,就能成为一个作家。"可见,写好一句话,对一个作家是多么的重要。我国古典文学有炼字炼句的传统,只是,我们这一代的写作,由于古典文学方面学养缺乏;又由于外语水平的限制,多受翻译作品中欧化句式影响;再加上多年政治语式的潜移默化和如今网络和手机微信短平快的影响;萝卜快了不洗泥,更注重的是一篇文章、一本书的快马加鞭,一句话,谁还会那么在意?

　　举几个例子。

　　比如写夕阳。波兰的诗人亚当·扎加耶夫斯基这样写:"沉重的太阳向西闲逛，乘着黄色的马戏团马车。"

比如写浆果的颜色黑。还是这位亚当·扎加耶夫斯基，他这样写："浆果这么黑，夜晚也羡慕。"

比如写衣服口袋多。法国作家马塞尔·帕尼奥尔这样写："于勒姨父却像商店橱窗那样，浑身上下挂满山鹑和野兔。"

比如写星星。契诃夫这样写："天河那么清楚地显出来，就好像有人在过节前用雪把它们擦洗过一遍似的。"

比如写土豆，郭文斌这样写："每次下到窖里拿土豆，都有一种特别亲切的感觉，像是好多亲人，在那里候着我。""饭里没有了土豆，就像没有了筋骨。"

比如写沙枣林，李娟这样写："当我独自穿行在沙枣林中，四面八方果实累累，拥挤着，推搡着，欢呼着，如盛装的人民群众夹道欢迎国家元首的到来。"

比如写野鸡，张炜这样写："老野鸡在远处发出'克啦啦，克啦啦'的呼叫，可能正在炫耀什么宝物。"

比如写道路，于坚这样写："大道，亮晃晃的像一把钢板尺，水泥电杆像刻度一样伸向远方。"

如果将这八句话写成的样子——

夕阳落山了。

浆果这么黑。

衣服口袋真多。

星星闪烁。

我最爱吃土豆，每顿饭都离不开土豆。

沙枣林里果实累累。

老野鸡在远处呼叫。

大道伸向远方。

我们见到的很多文章很多书中，都是这样写的，司空见惯，见多不怪，见而无感。我们甚至还会认为这样简洁，朴素。我们就会发现，写好一句话，还真的不那么简单呢。简洁，不是简单；朴素，不是无味。同样写一句话，写得好，和写得一般，是那样不同，一目了然。写得一般的，干巴巴的，自己看了都没什么兴趣；写得好的，那么生动活泼，自己看了都会兴奋。口水般的一句话，和文学中的一句话；白开水或污染的水一般的一句话，和清茶或浓郁咖啡一般的一句；风干的鱼一样的一句话，和振鳍掉尾一样鲜活的鱼的一句话，是有质的区别的。

一篇好的文章，一本好的书，固然在于整篇文章和整本书的思想和谋篇布局中的人物情节乃至细节诸多元素，但所有这一切都离不开一句话。当然，话和话相互之间是密切联系的，如水循环在一起，不可能单摆浮搁，但都离不开写好一句话这样基本的条件，如此才能使其达到最终的构成和完成。过去，常说的一句话是，细节是文学生命的细胞。其实,每一句话,同样也是其必不可少的细胞,或者说两者如同精子和卵子一样,结合一起,才能诞生生命。

再举几个例子。

比如写阳光。帕乌斯托夫斯基在他的《一生的故事》中这样写:"太阳光斑被风吹得满屋跑来跑去,轮流落到所有的东西上。"

迟子建在她的新书《烟火漫卷》中这样写:"路旁的水洼,有时凝结了薄冰,朝晖映在其上,仿佛在大地上做了一份煎蛋,给承受了一夜寒霜的他们,奉献了一份早餐。"

比如写月光。诗人阿赫玛托娃在《海滨公园的小路渐渐变暗》中这样写:"轻盈的月亮在我们头上飞旋,宛如缀满雪花的星辰。"

韩少功的《山南水北》中则这样写:"听月光在树林里叮叮当当地飘落,在草坡上和湖面上哗啦哗啦地拥挤。"

阳光、月光这样司空见惯而且在文学作品中最常出现的景物描写,这几位作家各显神通,写得花样别出,生动鲜活,避免了阳光灿烂似火、月光皎洁如水的陈词滥调。陈词滥调惯性的书写,其实和官员的懒政一样,是文人的"懒文"。如果不是,便是才华的缺失。

再看同样是写水的涟漪——

韩少功这样写:"你在水这边挠一挠,水那边似乎也会发痒。"

诗人大解这样写:"河水并未衰老,却长满了皱纹。"

孰优孰劣，写法不同，读法不同，结论自然不一样。在我看来，诗人显得多少有些为文而文，而韩少功则少有斧凿之痕。

还看韩少功，他写白鹭："在水面上低飞，飞累了，先有大翅一扬，再稳稳地落在岸石，让人想起优雅贵妇，先把大白裙子一撩，再得体地款款入座。"

再看迟子建写灰鹤："一只灰鹤从灌木丛中飞起，像青衣抛出的一条华丽的水袖。"

同样写鸟，两位不约而同地将鸟比喻为女人，不过一个是生活中的贵妇，一个是戏曲里的青衣；一个是"大白裙子一撩，再得体地款款入座"，一个是"抛出的一条华丽的水袖"。都富有画面感，也异曲同工。为什么异曲同工？因为还是没有完全跃出我们的思维定式。

再来看看秋天的树叶，比较一下迟子建、周涛和叶芝三人是怎么写的，会觉得很好玩。

迟子建这样写："深秋的树叶多已脱落，还挂在树上的，像缝纫得不结实的纽扣，摇摇欲坠，一阵疾风吹起，牵着它们最后的线，终于绷断了，树叶哗啦哗啦落了。"

周涛这样写一个女孩子看一枚落叶："金红斑斓的，宛如树的大鸟身上落下的一根羽毛。她透过这片叶子去看太阳，光芒便透射过来，使这枚秋叶通体透明，脉络清晰如描。仿佛一个至高境界的生命向你展示它的五脏六腑。"

爱尔兰诗人叶芝这样写："落叶不是从树上，而是从天上的花园里落下。"

三句话，哪句好，你更喜欢哪一句？

我这样问过几位读者。他们说都好，都喜欢。问为什么？他们告诉我——

把叶子比喻成"缝纫得不结实的纽扣"，新鲜，好玩。

把落叶比喻成"树的大鸟身上的一根羽毛"，也挺好，更好的是又透过这片叶子看太阳，光芒便透射过来，看见了叶子里面叶脉的五脏六腑，更好玩，叶子也有五脏六腑，阳光不成了透视机了嘛！

第三种，叶子不是从树上落下来的，是从天上的花园里落下来的，更美，充满了想象！

三句话各自的妙处，他们都看到了。如果说我的读后感，写落叶像羽毛，阳光让它通体透明，是客观的描写；写叶子像纽扣，一阵风就能把它吹落下来，有主观的心情在；写落叶来自天上的花园，则完全超出主客观之外的想象。

再看写喜欢，这也是文学作品中常常出现的一种心理描写——无论是喜欢物还是喜欢人。乔伊斯《阿拉比》中写一个小男孩喜欢邻居的一位大姐姐："我不知道自己会不会和她说话。这时，我的身子好似一架竖琴，她的音容笑貌宛若拨动琴弦的纤指。"看，乔伊斯没有用"喜欢"这个词，却将小男孩喜欢这位大姐姐的心情写得惟妙惟肖，用的方法就是一个比喻句，只不过这个比喻很新颖。

贾平凹《商州》中写他看到一根像琵琶的老榆木树根，尽管太大太沉，还是喜欢得了不得。但是，他写这句话的时候，不写"喜欢"二字，而是说："就将在村子里所买的一袋红薯扔掉，把这琵琶带回来了。"

他们都有意识地避免了"喜欢"这个抽象的词，一人用了个比喻，一人用了个动作，便都将看不见的"喜欢"那种心情，变得看得见，摸得着了，便也都避免了如何如何"喜欢"的形容词的泛滥。

写好一句话，确实不容易，要不老杜也不会那样感叹：为人性僻耽佳句，语不惊人死不休！好的作家，无不会有这样的感叹，甚至这样的梦想，努力让自己写好一句话，写得不同凡响，与众不同。

记得多年前读余华长篇小说《在细雨中呼喊》，他写主人公的父亲，写了这样的一句话："浑浊的眼泪使我父亲的脸像一只蝴蝶一样花里胡哨。"用的是蝴蝶的比喻。在写一条叫作"鲁鲁"的狗的一句话，也是用了蝴蝶的比喻："这是我第一次听到鲁鲁的声音。那种清脆的、能让我联想到少女头上鲜艳的蝴蝶结的声音。"

余华如此钟情蝴蝶，两次借用了它，都非常新奇大胆，很吸引人。把脸比作蝴蝶，把声音比作蝴蝶结，我还从来没有见过这样的比喻，这样的形容。试想一下，如果把这两句话写成这样："浑浊的眼泪挂在父亲脸上。""这是我第一次听到鲁鲁的声音，那么清脆。"一下子，将描写变成了陈述，去掉了蝴蝶生动的比喻和通感，句子自然就干瘪无味了。就好像汽水里去掉了二氧化碳所形成的气泡，就和一般的甜水没有什么区别了。

这样的一句话，让我想起布罗茨基。在形容英国诗人奥登家的厨房时，他只是写了一句简单的话："很大，摆满了装着香料的细颈玻璃瓶，真正的厨房图书馆。"

他形容地平线，是一句更为简单的话："这样的地平线，象征着无穷的象形文字。"

厨房和图书馆，地平线和象形文字，同脸与声音和蝴蝶一样，完全是风马牛不相及的，他却将两者联系在一起，像两组完全不同的蒙太奇画面拼贴在一起，达到了奇异的效果，让我们充满诡谲的想象，而不只是会说摆满厨房里的那些调味瓶，整齐排列成阵；遥远的地平线，和天边相连的地平线，这样写实的厨房和地平线。后者，属于照相；前者，属于文学。

也想起汪曾祺写井水浸过后的西瓜的凉："西瓜以绳络悬之井中，下午剖食，一刀下去，咔嚓有声，凉气四溢，连眼睛都是凉的。"还有诗人于坚写甘薯的甜："这盆甘薯真甜……甜得像火焰一样升起来。"和另一位诗人徐芳写街灯的暗淡："像坛子里腌得过久的咸菜。"

汪曾祺是把凉的方向引向眼睛，于坚是把甜的方向引向火焰，徐芳是把暗淡的方向引向咸菜。都不是我们习惯的方向。我们习惯的方向，是凉得透心（是心），是甜得如蜜（是蜜），是暗淡得模糊或朦胧（是视觉）。不同寻常的想象，才能够有生动奇特的句子出现，这是非常值得我们学习的。

我还想起读诗人闻一多写过的一首叫《梦者》的诗：

假如那绿晶晶的鬼火，
是墓中人底
梦里迸出的星光，
那我也不怕死了！

其实也是一句话："鬼火是墓中人梦里迸出的星光"。同样，鬼火—梦—星光，三者不挨不靠，拼贴在这里，营造出一种奇异的效果，将阴森森的鬼火写得人间味儿浓郁，方才让我们感到这样温暖照人。

汪曾祺先生曾经这样说："语言像树，枝干内部液汁流转，一枝摇，百枝摇。语言像水，是不能切割的。一篇作品的语言，是一个有机的整体。"他说的非常有道理，而且很生动。语言是一个有机的整体，是由一个个句子组成的——

语言像树，一个句子，是树上的一片树叶，一片片的树叶密集一起，才能成为一棵树；一个个漂亮的句子，才能聚集成一篇漂亮的文章。

语言像水，一个句子，是水中的一滴水珠，一滴滴的水珠汇聚一起，才能叫作水；一个个漂亮的句子，才能聚集成一篇漂亮的文章。

从写好一句话开始，是我们每一位写作者的必修课。意识到我们的文学语言已经受到了伤害而在不由自主地滑落，意识到写好一句话并不那么容易，才会对语言尤其是我们具有几千年悠久深厚传统的母语，有敬畏之感，修为之心，才有可能写好一句话。

写好一朵花开始

一

写好一朵花，要先从观察开始。观察到之后，到底应该怎么写，是需要锻炼的。怎么锻炼？我的方法很简单，就是先看看别人是怎么写的，比如写花，要先学习别人是怎么把一朵花写得生动形象，然后照葫芦画瓢。最初的学习，一定要有榜样，学起来才会容易一些，就像小时候写大字描红模子一样的道理。

就先从如何写好一朵花开始吧。

看诗人李琦怎样写花，她写的是菊花。她这样写："今夜我的白菊，像个睡着的孩子，自然松弛地垂下手臂。窗外，大雪纷飞，那是白菊另外的样子。"

她是先用了一个比喻，把白菊比喻成一个睡着的孩子，因为是在夜里看到的白菊花，又用了一个拟人，自然松弛地垂下手臂，夜里的花打蔫了。她觉得这样描写还不够，又增加了一个背景：大雪。这激发了她的想象，她写"大雪纷飞，那是白菊另外的样子"。实际还是一个比喻：白菊如雪。但是，如果写白菊如雪，就显得一般化，因为我们常用这样的句式，比如说：白云如雪，梨花如雪，等等。但是说"大雪纷飞，那是白菊另外的样子"，白菊花就生动多了，白菊花不再只是像雪一样，只是雪的一个附庸，而和雪并列成了主角，而且，还有了随雪纷飞的动感。

李琦还写了另一种花，没有说具体是哪一种花："贞洁的花朵，像一只静卧的鸟，它不飞走，是因为它作为花，只能在枝头飞翔。"

这个描写，实际上就是说花像小鸟一样可爱。但是，如果仅仅这样写，就一般化。她不这样写，而是换了一种说法，说花像小鸟，只是，是不会飞的小鸟。但是，她又不说花是不会飞的小鸟，而是说它不飞，是不愿意飞，是因为作为花，它只想在枝头飞翔，而不愿意飞到别的地方。不仅将花的可爱，更将花的性情勾勒出来，所以，她在开头说，这是贞洁花，它对花枝一往情深，所以才一直守候在枝头。写得多好，比写花像小鸟一样可爱，要好很多。

苏联作家帕乌斯托夫斯基写三色堇，这是一朵花上有三种颜色的花。如果我们写，该怎么描写它呢？他有什么好方法呢？看，他是这样形容三色堇的："三色堇好像在开假面舞会。这不是花，而是一些戴着黑色天鹅绒假面具愉快而又狡黠的茨冈姑娘，是一些穿着色彩缤纷的舞衣的舞女——一会儿穿蓝的，一会儿穿淡紫的，一会儿又穿黄的。"

简单说，就是说三色堇穿三种不同颜色的衣裳。我们如果这样写，当然也不错，可是，帕乌斯托夫斯基不满足这样的描写，觉得这只是一个简单的比喻和拟人句。于是，他在开头加了一句"三色堇好像在开假面舞会"，然后，再让三色堇穿上色彩缤纷的衣裳——是特指的舞衣了，还戴上了假面具。一下子，多了茨冈舞女特定的拟人，不再是普通的穿着三种不同颜色衣裳的女的了，使得三色堇形象鲜明地出场，那三种不同颜色的衣裳，像舞会上不停在换装，多么有趣！

我的孩子四年级时写作文，写月季和百合两种花。他写月季是"一张张微笑的脸"，这就跟写三色堇穿三种不同颜色的衣裳一样，不够生动，也不够新鲜；他写百合是"像一个个酒杯，里面盛满了它们爱喝的酒——露珠"，就生动新鲜了一些。因为把百合比喻成酒杯，稍微形象一些，更重要的是下面说"酒杯，里面盛满了它们爱喝的酒——露珠"，就更生动形象一些。这方法和前面帕乌斯托夫斯基写三色堇穿三种不同颜色衣裳之后，又加了一句开假面舞会一样。用两重方法，进一步描写它，自然比单一的比喻要好些。

如果我们能再学习李琦的方法，把月季叶比喻成小鸟，只不过不写它只在枝头飞翔，而是写它飞走了，每月又飞回来，落在枝头，啁啾鸣叫着，它的叫声就是花香。因为我们知道，月季花花落花开不间断的，几乎每个月花落之后还要再开一次的，要不怎么叫月季呢！

我们再学着李琦的方法，把百合花写成：洁白的雪花和洁白的百合是一对好姐妹，冬天百合花凋落的时候，纷飞的雪花替它开花。

这样学习着来描写我们要写的一朵花，是不是会觉得有了一些方法，写起来会有了一些进步？

先从描写生动一朵花学习开始，把从生活中观察到的和在书本中学习到的两种结合一起，就会慢慢进步。能写好一朵花，再去写别的，就会有了一些方法，多了一些底气。

二

我读中学的时候，很喜欢到公园里看花，特别是公园里有花展的时候，更是星期天跑去看个究竟，其中去得最多的是中山公园的唐花坞和北海公园的菊花展。我买过一个很好看的精装笔记本，专门用来抄录作家描写各种花卉文章的优美段落，也写一些自己的看花笔记。读人家描写花的文章，对自己写作帮助很大。读得越多，可借鉴的地方就越多，无论写到什么花，都可以找到范本，从中学点儿东西，照葫芦画瓢也是好的。尽量地占用材料，学起来，用起来，才会得心应手，俗话说得好，"宽汤煮面"，才容易把面条煮熟。

读中学时，茹志鹃的短篇小说《百合花》刚刚发表，茅盾先生特别撰文分析推荐，很是有名。小说最后一段，写新媳妇用自己的新被子盖在了牺牲的小战士身上，有这样几笔对被子上百合花的描写，我曾经抄录在笔记本上，墨迹犹存，至今还清楚地记得：

> 在月光下，我看见她眼里晶莹发亮，我也看见那条枣红底色上撒满白色百合花的被子，这象征纯洁与感情的花，盖上了这位平常的、拖毛竹的青年人的脸。

这是对百合花很简单的一句话，连描写都谈不上，写百合花的目的，是要突出它代表着新媳妇对小战士纯洁的感情。

我还抄录过杨朔当时的名篇《茶花赋》中描写茶花的段落，写法和《百合花》是一样的：

> 且请看那一树，齐着华庭寺的廊檐一般高，油光碧绿的树叶中间托出千百朵重瓣的大花，那样红艳，每朵花都像一团烧得正旺的火焰。这就是有名的茶花。不见茶花，你是不容易懂得"春深似海"这句诗的妙处的。

在这里，写茶花，也是用的象征手法，以此抒发久在异国他乡的游子对祖国怀念的"春深似海"的感情。这种以花写人抒情的象征写法，当时很流行，也是当时我们学生热衷效法的。

如今，不少人认为这样以花写人抒情的象征写法已经过时，不足为道。其实，香草美人，是我国自古以来的写作传统，从未过时，关键是如何运用。当年，受时代因素的限制，茹志鹃的百合花和杨朔的茶花，象征的意义，写得过于表露，未能做到鸟飞天际，了无印痕，而是明显有些人为的痕迹。

现在，描写花的方法，越发的色彩纷呈，值得我们学习的有很多。

宗璞的《紫藤萝瀑布》是名篇，选入我们中学的语文课本，值得好好学习。

从未见过开得这样盛的藤萝，只见一片辉煌的淡紫色，像一条瀑布，从空中垂下，不见其发端，也不见其终极。只是深深浅浅的紫，仿佛在流动，在欢笑，在不停地生长。紫色的大条幅上，泛着点点银光，就像迸溅的水花。仔细看时，才知道那是每一朵紫花中的最浅淡的部分，在和阳光互相挑逗。

这里春红已谢，没有赏花的人群，也没有蜂围蝶阵。有的就是这一树闪光的、盛开的藤萝。花朵儿一串挨着一串，一朵接着一朵，彼此推着挤着，好不活泼热闹！

"我在开花!"它们在笑。

"我在开花!"它们嚷嚷。

每一穗花都是上面的盛开,下面的待放。颜色便上浅下深,好像那紫色沉淀下来了,沉淀在最嫩最小的花苞里。每一朵盛开的花就像是一个小小的张满了的帆,帆下带着尖底的舱。船舱鼓鼓的,又像一个忍俊不禁的笑容,就要绽开似的。

……

这里除了光彩,还有淡淡的芳香,香气似乎也是浅紫色的,梦幻一般轻轻地笼罩着我。

看我抄录的这几段,来分析一下——

第一段,叙述紫藤萝花总体的样子,概括为一句话——一个比喻:像一条瀑布。

第二段,写藤萝的紫色深浅不一,有具体形象的描写:用了一个比喻,像迸溅的水花;用了一个拟人,和阳光挑逗。

第三段,写藤萝花开得密集热闹,让花开口嚷嚷地说话,以动写静写多。

第四段,还是写花的颜色,观察到是上浅下深地沉淀下来,用了一连串的比喻:帆船、底舱、忍俊不禁的笑容,尤其是最后的笑容,化静为动。

第五段,写花的香气,以色彩写香气(以眼睛代替鼻子),以人才会有的梦幻写香气,多重通感的运用。

看,宗璞运用了多少写作的方法,多方位地抒写,方才把紫藤萝写得如此生动形象,不同凡响,并寄托着自己的感情。我们写作的时候,这些方法,不见得一股脑都用上,但是,要注意学习运用其中一个或两个方法,会有助于我们写作水平的提高。

看到宗璞写藤萝花的香气,再来看看日本作家川端康成在他的名著《古都》里写花的色彩,两厢对读,会非常有趣:

> 花给空气着彩,就连身体也染上了颜色。

看,川端康成以空气写花的色彩,和宗璞以色彩写花的香气,是不是有些异曲同工?既然,方法是可以共用的,为什么我们不可以也学习着这样运用呢?我们为什么不可以说:花把天空染成了五彩斑斓的画卷,花香让空气也变得五颜六色,在我们的面前飘来飘去?

再抄迟子建写雪花的一段。雪花,我们也会常写到,用得最多的词是大雪纷飞、白雪皑皑。看迟子建有什么新招数:

> 各家商户门前的霓虹灯,在雪光中像摇曳的花朵,所以飘过霓虹灯的雪花,五彩缤纷的,像在散发喜报。

她是把雪花放在霓虹灯的映照中写。有了新景物的出现,便有了单一雪花不一样的情景。雪花，一下子便五彩缤纷，而不再是单一的洁白颜色。如果仅仅写到这里，我们同学大概都可以做到，关键最后她多了一个比喻："像在散发喜报"，五彩缤纷的雪花，立刻变换了新的形象，像一艘小船，划进了新的水域。不满足于常态中一般化的描写，而是想尽方法出新，在这里，运用了想象。

这样的方法，值得我们学习。我们再描写一种花，比如大年夜燃放的烟花，在雪花的映衬下，五彩缤纷的烟花似乎也变得像雪花一样玉洁冰清。比只是写烟花腾空，一朵朵绽放在夜空中，是不是多少有点儿新意呢？

前辈诗人苏金伞先生，晚年写过一首题为《郁金香》的诗，他没有写郁金香开放时的盛景，而是写了郁金香含苞待放的样子，喜欢它的这样子，内心渴望它能够保持这样子，不要开放。这是一个与众不同的角度：

不要开放！
——开放就是败落，
开放就是空虚，
就这样始终
紧抱在一起，
保持着永恒的
童贞、童颜、童心，

> 保持着永恒的
>
> 和我的关系。

他没有照常规具体描写郁金香的样子,也没有描写郁金香的花香,只是抒发了对郁金香的期待,或者说是要求。其实,也是对自己的期待和要求。这样写作角度选择是别致的,他没有选择描写,而是选择了情感和思想的抒发。看,同样是写花,苏金伞先生没有走常规写法之路,便显得让我们读后耳目一新。

作家周同宾别出心裁写花椒,他说:

> 花椒不入《群芳谱》,我却把它当花栽。……风一刮,枝叶动摇,便摇出丝丝缕缕的清香,香味也淳厚,香了空气,香了阳光,香了我的思绪。每炒菜,摘一片叶,切碎放入,一锅菜便都增加了三分清香。

他没有写寻常的花,写的是花椒拥有和花一样的香气。如果将这香气写到"丝丝缕缕的清香,香味也淳厚"为止,就是一般化的描写,是我们同学的作文中最容易出现的描写。但是,他没有到这里浅尝辄止,增加下面这样两方面的描写:一是让这香气"香了空气,香了阳光,香了我的思绪",这是香的蔓延;一是炒菜放入一片花椒叶,"一锅菜便都增加了三分清香",这是香的扩大化。

这样的方法，我们可以学习。我们再来描写花香的时候，也可以这样分为两步，一步写香到周围的哪些地方，一步写香到的另外更远的地方，他说香了一锅的菜，你可以说香了一屋子的人，甚至可以说香了一整个夏天。

如果我们再想到宗璞在描写紫藤萝花时说香如梦幻，周同宾说花椒的香是香了他的思绪。梦幻和思绪，都和香本身不搭界，但都因香而进入新的境界。我们便也可以这样写呀，写香了我们的整个的童年，或者香弥漫在我们的想入非非之中，或者希望香也能飘进奶奶爷爷的梦里。总之，我们完全可以展开想象，让香飘散到你所能想象的任何地方，而不局限香本身。这样，我们的写法是不是就多了起来？

最近读一本新书，是邱方的《花有信，等风来——我的二十四番花信风》。这是一本专门写花的书，其中很多是我从未见过的南方的花卉，可以为我们看花识花写花，提供很多的范本。我抄录了好多，选出几则，供大家参考：

> 三角梅的脸终于有了鲜艳颜色，朝着阳光轻盈起舞。偶有几片得意忘了形，便随着春风浪去了。
>
> 玉兰花不多，仿佛就是要让人从密密匝匝的樱花、桃花花瓣中喘一口气，才点缀上那么几朵。
>
> 黄花风铃木在蓝天下一簇簇明艳盛放，仿佛摇着铃铛歌

第五部分　写作方法论

唱,又仿佛巴西桑巴舞女郎扭着腰肢,闪着太阳般炫人眼目的金黄,热情似火地踏歌舞来。

尤其是那宫粉羊蹄甲,大学校园里、大街上,一大片一大片的,很有把花城淹没了的企图和气概。一场风雨,花就会落满一地。不管是开是落,总是美的。这时候,天蓝得就像假的一样。花儿在蓝天下一簇簇一丛丛,挨挨挤挤,喝醉了酒似的摇摇晃晃。

红花玉蕊的叶簇生于枝顶。花序很长,花就缀在花枝的两边。红色的蕊,长长细细,散漫地张开着。串串朱红花蕊摇曳婀娜,花枝摇动宛若被风吹动的珠帘;近看又像夜空中绽放的一朵朵烟花,点燃了这个仲夏夜。

腊肠花,一树一树的黄花,一串串垂挂着,宛如一串串风铃,在风中摇头晃脑地歌唱;又像无数的蝴蝶在聚会,在阳光下闪着金色的光芒,又清新又俏皮。

世间有"小精灵"吗?有,禾雀花便是。

每朵花果然都像一只小巧玲珑的麻雀,又像降落人间的"小精灵"。想来"小精灵"是害怕孤独的,所以要抱团,二十三朵抱成一串,一串串,吊挂在悠长盘曲的藤蔓上,远看像葡萄,近看像万鸟栖息。

酢浆草初春开始,路边、田边、山野,处处都冒出这种野花。薄若蝉翼,明媚动人。用时下流行的话来说,就是"小而美"。后来才知道经常出现在俄罗斯文学里的酢浆草，指的就是这种小野花。它跟桃金娘、地毯、马齿苋、树莓一样，在我心目中，是故乡的代称。这些名字，只要一说出口，哗啦一声，那幅童年故乡图便在眼前展开了。

看，这里选的八种南国的花，各有风姿，写法不尽相同：

三角梅和玉兰花，写得有了俏皮的性格。

黄花风铃木，写得风情万种。

宫粉羊蹄甲和红花玉蕊，则换了一种写法，让蓝天和夜色出场做背景，衬托出花的繁多茂盛或婀娜多姿。可以看出邱方笔致的灵动。

腊肠花和禾雀花，则充分运用了"风铃""蝴蝶""小精灵"的比喻。

酢浆草不再单纯描写花的样子和色彩，而是将眼前的花和自己的感情融为一体，拓展到故乡，只要看到它，说起它，"童年故乡图便在眼前展开了"。

世上的花朵是多样的，描写花的方法也是多样的。我们可以从中学到这样多种多样的方法，来描写我们眼前的各种花朵。我自己是这样学习，写花的话，事先就尽量把所能找到的写花的书或文章，抄录其中自己所喜欢的片段，看看人家哪里写得好，自己可以学习哪一点。占有的材料多了，看得多了，学的方法自然就多了。

所谓观千剑而后识器，操千曲而后晓声。不仅是写花，写别的任何事物，方法也是一样的。我们在这样尽可能多的材料占有中，会有更多的选择，让我们的笔稍稍宽裕和从容一些。

写好一朵花，其实就是写好一个物。或者说是写好一个物的锻炼。也就是说，能写好一朵花，也就能写好一个物。

写好一件事开始

一

从一件具体的事情写起,是写作入门的必经之路。无论当初我自己做学生,还是后来我自己的孩子又做了学生,老师总会出这样的作文题目:《最难忘的一件事》《最有意义的一件事》《记寒假里的一件事》《我童年的一件事》……不一而足,常常是要求写一件事,这是学习写作绕不开的第一步。

记得五十多年前,我当中学老师,在黑板上写出的给学生出的第一篇作文题,便是《最( )的一件事》,一道选择填空作文题,和我的老师当初教我的时候布置的作文题目一样,万变不离其宗，还是逃不脱的一件事。

可以说，写好一件事，是我们写作入门的素描课，是基础，是童子功，这就好比达·芬奇画蛋——尽管这比喻已经快老掉了牙，却不能因为老就没有了道理。怎么写，从哪儿写，怎么样将一件事写得清楚、生动，又耐看，格外锻炼人的眼光和笔力。

说眼光，是说你要有选择的眼光，才能够在世界万千景象中把这件事情沙里淘金选择出来。否则，众里寻他千百度，为什么偏偏在那么多发生的事情中独独选择出它来呢？

说笔力，是说这件事选择出来了，如何写，才可以避免简单化的叙述，避免程式化的罗列，避免一般化的描写，把一件本来挺生动的事情，干巴巴地写得如话梅核一样索然无味。

这里只谈后者，如何写。

我写《草帽歌》时心里很清楚，写的其实就是一件很简单的事，概括起来，就这样一句话：以前在北大荒插队，麦收的时候，一个女同学给我送东西，看见我割麦子一头汗，顺便把她自己戴的草帽给了我。如果我就这样写了，写得再具体，再详细，也只能是这句话的扩写，很难做到生动，更别提让人读后觉得有点味道了。

这就牵扯到描写。

先写天热和麦地里没有人来，是必须的，因为这是人物和草帽出场的必要条件，没有这两样条件，比如是个挺凉快的天，很多人聚在一起挺热闹，人物和草帽的出场便没有了价值。没有人，盼人来，人来了，才打破了寂寞；天热，有了草帽，才有了珍贵之情。因此，这样两个条件，不能一笔带过。如果一笔带过，让人物和草帽急匆匆地出场，人物和草帽就一定会显得很平淡了。《草帽歌》前三个自然段，其实写的都是这两样条件。这就是描写，虽然描写的只是客观的条件，看起来和草帽无关，但是，这是人物和草帽出场的必要铺垫。

这样，人物和草帽出场了，才会"如同一个金色的童话"。因此，要写好一件事，先不要着急直接写一件事，而是先要写好发生这件事的铺垫。初学写作的同学，往往容易着急，忙忙叨叨地直奔那件事而去，那样的话，往往会使得这件事因为匆忙的交代而写得潦草而粗糙。

后面人物出场了，先写送从家里带来的东西，这不是主要的；东西送完了，就要送草帽了，这才是重头戏。但是，也不能那么急，这里需要缓一口气，就是人们常说的，作文要有一个跌宕。再小的文章，写再小的事情，也需要这样的跌宕，否则就容易出现平铺直叙的毛病，所谓文章喜起不喜平。于是，我又写了两个自然段，一段写人走了，又是自己一人割麦子时的心情；一段写麦地里麦子捆七零八落的实景。其实，景也是为了衬托心情。所有这样的心情，都是为了人物和草帽的第二次出场服务的。依然是铺垫，是为了烘托草帽的出场。这时候，才让草帽适时地从她的头上摘下来，"一头热汗蒸腾的头发像是刚刚揭开锅的笼屉"。文章可以收笔了,而无需再多说一句话。

其实,文章就是这样的简单,说起来,就是需要这样人物和草帽前后两次出场前的铺垫,如同烧水沏茶,第一次铺垫,火候不够,再加一把柴,如此两次的铺垫,方才容易水到渠成。

再举《窗前的年灯》作例子,来说明铺垫在文章中的作用。

这篇文章,如果去掉了铺垫,会变得非常简单,就是老北京有这样一个民俗,过年要点亮一盏年灯,等候亲人的归来。什么时候亲人回来了,这盏年灯才可以熄灭。如果亲人一直都没有回家过年,这盏年灯每晚都要点亮,一直要亮到正月十五。一位老人家的窗前,好几年就这样一直亮着年灯,到正月十五。今年的初五,他家窗前的年灯突然熄灭了。因为他远在海外的孩子终于回来和他一起过年了。

事情就是这样的简单。但是,就这样简单地写出,会没有一点味道。铺垫,便凸显在文章中不可取代的作用。在这篇文章中,我铺垫了三方面的内容:一是想起我自己年轻时候的往事,即无论我回家多晚,母亲都会为我亮着灯守候;二是我和老爷子的交往,写出他的孩子在国外,他盼望孩子能回家过年,却始终未能如愿;三是今年他家的年灯换了一盏漂亮的宫灯。

很显然,这里所运用的铺垫,和《草帽歌》不大一样。《草帽歌》的铺垫,都是在同一个时间、同一件事上,基本上都是描写。《窗前的年灯》中,第一处铺垫用的是回忆,是和老爷子家的年灯不同的事情；第二处铺垫用的是插叙，是为了交代老爷子每年点亮年灯的原因；第三处铺垫是今年换灯其实是换心情，更是一种期待的愿望。

如果说，《草帽歌》的铺垫，是属于戏剧中"三一律"式的写法，即时间地点和人物都集中在一起。那么，《窗前的年灯》的铺垫，则是属于散点透视的写法，时间地点和人物都不必那么集中。但是，铺垫的方法可以不同，所指向的方向却是相同的。《草帽歌》最后指向的是如同金色童话的那顶草帽；《窗前的年灯》最后指向的是终于熄灭的那盏年灯。

我想说的是，铺垫有多种多样的方法，我们需要学习和运用不同的铺垫方法，才能够让文章的写作更容易多姿多彩，而避免简单直白的叙述，让文章从一开头就一碗清水见了底那样索然无味。

铺垫，在文章中的作用，就像自然中的现象一样。比如花开，不可能是一下子就怒放出一个笑脸，总需要一点点把花骨朵展开；比如下雨，再迅猛的暴雨，也需要有一个乌云聚拢的过程，还得再让老天爷打点儿雷，闪点儿电，风吹得猛点儿，归巢的鸟儿飞得急些。缺少铺垫的文章，便是违背自然也违背写作的规律，自然难以写得生动。这一点，无论是学生最初写作文，还是如我们大人一样写文章，都是需要注意，需要努力的。

二

我写《上一碗米饭的时间》，也是一件事。概括起来，也是一句话：大冷的天，一个农民工没有多少钱，进了饭馆只要一碗米饭，服务员半天也没上这碗米饭，等米饭终于上来了，农民工走了。

如何把这件事情写好？仅仅依靠铺垫，比如写天气怎么冷，写农民工等得怎么焦急，然后把势利眼的服务员骂上几句，就显得不够用了，失之于简单。即使勉强写出了，也会很一般化。这篇文章我迟迟没有下笔，总觉得不大好写。

不好写的原因，是没有找到好的角度。

最后，我选择了从人物关系入手。因为在这件事发生的过程中，出现了农民工、服务员和我三个人。我们三人那时候都在饭馆这一规定的情境中，虽然素不相识，彼此也没有说什么话，但因为一碗米饭而彼此有了联系。即农民工要一碗米饭，服务员半天也没给他上这碗米饭，我看不过去了，替农民工要了一碗米饭。这样，一碗米饭，就不仅仅是简单的一碗米饭，而有了层层递进的变化，有了往返循环的流动。而我们三个人因一碗米饭，也发生着微妙的心理变化，甚至是心理斗法。当我发现这一点时，我发现这一碗米饭，居然在心理上密切联系着我们三个人，挺新鲜的，挺有意思的。我才觉得能够下笔了。或者说，我的心里才有了底气，敢于下笔写这篇文章了。

其实，就是说，我终于找到了这篇文章的角度。也就是说，找到了这篇文章的突破口。选择好了角度，文章才容易写。

任何最初学习写作的学生，都会面临着和我一样寻找最适合自己这篇文章的角度的过程。因此，寻找角度的过程，就是文章构思的过程，这个过程最锻炼人，也是最需要学习和锻炼的。在这样的过程中，学生们一般最愿意走简便的路，即把自己经历的事情小猫吃鱼一般事无巨细地从头写到尾，一件挺有意思的事，就容易写得臃肿，写得没有了意思。

所以，在选择这个角度的过程中，不是着急地把这件事想得如何细致而周到，而是需要找到这件事的哪一点，最打动我们自己，或者说最有意思，最值得去写。这是一篇文章写作的路径，也是一篇文章写作的方向。显然，我在饭馆里看见的这件事最打动我的就是那一碗米饭。米饭是文章的一个焦点，这一碗米饭辐射开来，连带着我们三个人，三个人的关系由一碗米饭而凝结而展开。我接着要做的，便是仔细分析一下自己和那两个人物的心理，在这一碗米饭面前，到底是怎么样的浮动和展开的。因为在事情发生的过程中，我们彼此没有什么交流，可以让彼此知道各自真实的心理。只有靠揣摩，根据实际情况进行分析。这个分析的过程，就是选择角度深化并具体化的过程。

农民工如果不是太饿，不会走进饭馆；走进饭馆，由于钱不多只要了一碗米饭，心里肯定不自在；众目睽睽之下，怕人看不起，偏偏遭受到了服务员的冷漠；由一碗米饭所隐现在农民工心里这样的三个层次，让农民工和服务员在这一点上，即使彼此不说话，也有了交织的点。

农民工进来，和我坐对面，他看着我吃饭，有些尴尬；我看着他久久等不来一碗米饭，而自己却在吃饭，想拨给他一点吃的，又怕伤他的自尊，我也有些尴尬；便想起再要一点东西，顺便也要一碗米饭来解决这样的尴尬。由一碗米饭所波动在我心里这样的三个层次，让我们两人在一碗米饭上也有了交织。

同时，因为我向服务员要这一碗米饭，和服务员也有了交织的点。这样，我们三个人在一碗米饭前，都有了交织。

这个交织的点，就是文章的角度。从人物关系出发，从人物心理入手，都是为写好这个角度服务的，或者说，是选择这个角度的诱因和路径。

文章是围绕着这个交织的点来作的。文章就不仅容易作得集中，而且容易把三人的心理写得不会那么抽象，那么不具体。虽然三人没有任何正面的冲突，但在这上一碗米饭的短短时间里，三人的心里是翻云覆雨的，也就是说，各自的行为和说话，别看都挺简单，却都有着丰富的潜台词，文章由这样一个点展开，就不难了，也就是说有话可说了，而不会拘泥于这件事而只是就事论事。

选择文章的角度有多种多样，这只是其中一种。最初学习作文的学生，选择文章角度的时候，往往容易把眼睛死死盯着这件事的外部或过程，而忽略了这件事的内部成因，特别容易忽略发生这件事的人物相互的关系和彼此的心理的作用。希望这篇文章能够给大家一个参考。

《到天堂的距离》的构思角度，可能会进一步说明这一点。这篇文章要写的一件事，是一锅疙瘩汤。尽管一锅疙瘩汤和一碗米饭很对应，但是，这一锅疙瘩汤，远比《上一碗米饭的时间》要简单得多。不过就是在以往艰苦的日子里，为何朋友之间常常能以一锅疙瘩汤度过我们难忘的日子的事情。这件再简单不过的事情，却一直存活在我的心里，常常让我涌起要写写这锅疙瘩汤的冲动。因为这锅疙瘩汤，看起来虽然简单，却见证那个时代我们的友情，以及我们对生活的态度。

可是，怎么写？却让我颇费踌躇。这锅疙瘩汤和那碗米饭不一样。它没有那么错综的人物关系，没有那么复杂的心理斗法，没有那么丰富的潜台词。也就是说，它不具备那样的戏剧性，容易铺排书写。它就是一锅疙瘩汤，朋友来了，我们聊天，没什么可吃的，我做一锅疙瘩汤，我们喝得精光，我们聊得痛快。就这样写吗？几句话，就没词儿了。即便你有生花妙笔，把那一锅疙瘩汤写出花儿来，也不过只是一锅疙瘩汤而已。

那一锅疙瘩汤，早已经过去了几十年，属于青春的记忆了，却一直没有能写成文章。没有写出来的原因，便在于没有找到一个好的合适的构思角度。

一直到有一天，我读到美国女诗人狄金森的诗，其中一首:"到天堂的距离/像到那最近的房屋/如果那里有个朋友等待着……"让我的眼前一亮。房屋里等待的朋友,和到天堂的距离,这样根本就不挨不靠的两件事情,让诗人联系在了一起,像是突然起了化学反应一样,在我的眼前升腾起了璀璨的火花。我立刻想起了我的那位朋友,想起了我们喝了那么多次的那锅疙瘩汤,和到天堂的距离一下子合成了一幅图画。这幅图画,是由疙瘩汤和天堂的距离——一个现实,一个想象,共同组成的,它使得那锅疙瘩汤里添加了别样的作料一样,有了特别的味道。也就是说,那锅疙瘩汤,既是疙瘩汤,也不是疙瘩汤,有了可以想象和展开的新天地。

我终于为那锅疙瘩汤找到了构思的角度。狄金森的这首诗,点燃了我过去的回忆,拓宽了我的思路,让那锅疙瘩汤有了别样的滋味。

文章一下子变得好写了。和《上一碗米饭的时间》集中在一碗米饭不同,我不必纠结在那一锅疙瘩汤的描写,而是撒开来,去写由此而来的感想。这感想既可以是属于过去时代的,也可以是面对今天现实新生活的。因为有了诗的启发,有了"到天堂的距离"的意象的导引,那一锅疙瘩汤,也蔓延开来,滋润着过去的岁月和今天的日子,以及我们彼此的心灵和精神。

构思角度的选择,就是有着这样点石成金的作用,就是这样的众里寻他千百度,那人却在灯火阑珊处,需要我们耐心地寻找,用我们的心和眼睛,能够和她有一个美丽的邂逅。

写好一个人开始

一

　　写好一个人，也是初学写作的必经之路。学生作文中，特别是在记叙文写作中，一件事和一个人，往往是训练的必要场地，常常会要求学生们在这上面一试身手。也的确是这样的，一件事和一个人，都能够写好，便像是乒乓球的左推右挡的基本功训练，熟练得得心应手之后，便可以左右开弓，无往而不胜，再写其他文体或题目，就会容易得多，简便得多。

　　写好一个人，最好先从自己身边的人写起，因为身边的人，时常和我们生活在一起，甚至天天耳鬓厮磨，我们毕竟熟悉，闭上眼睛，就会写出发生在他们身上或他们和我们之间的很多有意思的事情。但是，问题往往就容易出现在这方面，因为太熟悉，知道的事情太多，反而一时无从下手，从哪儿写起，写些什么事情为好？

当然，写一个人的一件事，最方便，最简单易行。但是，学生们，特别是高年级的学生，已经不满足于一人一事这样简单的写作方法。不过，这样一来，常常会出现这样的尴尬，将很多事情堆积一起写一个人，以为可以将这个人写得很丰富，却很可能像穿的衣服过多而显得臃肿、啰嗦，以致写成了流水账，写成一锅糨子一般，反而让这些过多的事情淹没了这个人物。

我来谈谈自己的体会，从一篇写我的老师的文章入手，做个简单的分析——很多同学的作文常常是从写自己的老师入手的，我也不例外。

前几年，我写了一篇散文《五月的鲜花》，记述的是我的中学数学老师阎述诗先生。我也是写了关于他的好些事情，希望通过这些事情，写出这位老师的性格和品质。归纳起来，我所选择的这些事情分为两方面，一方面是他的教学，另一方面是他的艺术。之所以选择这样两方面的事情，是因为他的数学教学的造诣，他是北京市屈指可数的数学特级教师之一；同时也因为他的音乐天赋，他是著名歌曲《五月的鲜花》的作曲者。好的数学老师有很多，但具有这样两方面贡献的，不多，甚至可以说是绝无仅有。将这两方面结合在一起，可以写出这位老师与众不同的特点。这是没有问题的。

但是，下笔之前，我问自己，阎述诗老师这样两方面的特点，全校的同学谁不知道？如果要写阎老师，谁都会选择这样两方面写的。该如何写得和别的同学稍稍不一样一些呢？同时，又能够将这两方面的事情有个巧妙并有机的结合，相互串联起来成为一体，而不仅是单摆浮搁、花开两枝般简单两方面的叙述？

我知道，这是这篇文章的关键。

于是，在数学和艺术这两方面，我侧重在教学方面。一般而言，写其艺术方面好写，因为关于艺术方面的事情，有一首《五月的鲜花》摆在那里，是醒目的，最有说服力的，但也是一般同学都要写并是最容易写的。我就要少写些，点到为止。重点需要做的是，选择和挖掘阎老师数学教学中富于艺术特质的一面，去有意让教学和他本身具有的艺术品格衔接。这样，我写了阎老师的精彩的板书，写了他一节课最后一句话和下课铃声的严丝合缝的重叠，写了他一丝不苟的备课笔记。这样三件事，集中在一个中心，即"阎老师是把数学课当成艺术对待的，他把数学课化为了艺术"。

在这里，艺术，这样抽象的一个词，把这三件有关教学的事串在了一起。如果没有这个串联，这三件事就会是一般的叙述，是事情的罗列，是我们同学常常在作文中出现的好人好事的简单描写。这样的串联，使得这样三件事有了一定的升华的意义，同时，不仅把单摆浮搁的三件事像散落的珠子用一条红线串成一串珠链，而且，将这三件事赋予了新的色彩。

但是，艺术，这个词毕竟显得抽象，必须有形象的东西为之贯穿，才会使得文章生动形象，这根红线才可以是文章真正有艺术特点的红线。我选择了"五月的鲜花"作为这根红线。"五月的鲜花"，既是阎老师创作的歌曲，也是阎老师艺术特质的代名词，在这里，具有了双重的能指意义。这样一条红线的贯穿，一直到文章的结尾，阎老师去世之后，他的外孙女保留着他临终前吐出的最后一口鲜血——洁白的棉花上托着一块玛瑙红的血迹，都是要突出这个"五月的鲜花"。所以，在最后我要特别这样写道："那块血迹永远不会褪色。那是五月的鲜花，开遍在我们的心上。"这里所说的"五月的鲜花"，便能够让人多出一些联想，也难怪让人会心会意，是他的歌曲、他的教学，连同他的人品与生命，一直都开放在这片原野和我们的心上。

可以设想，如果缺少了"五月的鲜花"这条红线的串联，那么，这些事情即便再动人，却容易因缺少了彼此有机的衔接而显得散漫，而且，少了一些意义和韵味。同时，文章的结尾也就缺少了力度，而无法托得住。

当然，这只是写好人物的一种方法。这种方法，是要根据我们所掌握的人物的素材来选择，来提炼，来决定的。但是，在写人物众多事情的时候，有意识去寻找一条能够串联起这些事情的红线，还是一种常用并实用的选择。同学们不妨一试。

从某种程度而言，这样的串联，是为了写好这个人物的方法，同时，也是文章的构思和主题的确定的一种修辞策略。

再找一篇写老师的文章为例。仍然看如何把握并努力写好一个人的几件事。

我还写了一篇《花阴凉儿》，写的是我中学图书馆的高挥老师。因为我和她交往的切身感受很深，所以在事情的选择方面，显得很容易。高老师在负责图书馆时对我的帮助，乃至"文化大革命"中图书馆被封依然冒着风险为我找书的那些难忘的事情，经历了岁月的磨洗，至今未忘，沉淀下来，化为经年不化的琥珀一样，无形中帮助了我对素材的选择，觉得写起来应该不会难。

但是，真正要写的时候，我很犯踌躇，觉得不好下笔，也不好谋篇。因为相比较《五月的鲜花》写阎老师，那些事情毕竟有个艺术作为媒介的衔接，便能够一竿子插到底，搅动得一池春水涟漪连成一片。在这里，那些关于高老师的事情，对于我虽然深刻而难忘，却显得有些琐碎，彼此发生的时间跨度很大，如果按照时间顺序写成，很容易写成流水账，显得一般化，最后，形成一篇仅仅对老师感恩怀旧的文章，而没有了味道。这是我们同学一般在写人物时最容易犯的毛病。我想我还是要避免。

最初，我依然想轻车熟路像写《五月的鲜花》一样，寻找一条红线进行串联，我找到了"书架"这条线。读中学的时候，我去过高老师家一趟，看到她家的一个书架，曾经对她说过："以后有钱我一定买一个您这样的书架。"后来，我长大以后，有了工作，用发下来第一个月工资的一半,真的买了一个和高老师家一样的书架。而这个书架经过了四十来年,依然保存在我家里。以此来写我对高老师的感情,让那些经过时间跨度那样大的许多事情,有了集中在一起的框架。文章写好了,题目取作《和您家一样的书架》。

但是,这篇文章在电脑里放了很久,迟迟没敢拿出去发表。总觉得不大理想。想想原因在于这样书架前后的对比与衔接,多少有些人为的痕迹,作文的"作"的感觉比较明显。而且,这样的写法也不大新鲜。

便总觉得缺少了点儿什么,什么呢?就是文章的一点韵味。好的文章,不能就事论事,就人说人,总要给人留下一点可以回味的东西。我们同学在作文的时候,常常也缺少对这一点有意识的追求和把握。于是,常常容易就事论事,就人说人,往往容易写得过于老实。实在,是没有错的,但过于实,就容易缺乏灵动之气,使得文章少了韵味。这不仅是同学们需要注意的问题,同样也是我在写作过程中要注意解决的问题。

一直到有一天,我读孙犁先生的《白洋淀纪事》一书,内有《麦收》一文,写的是抗战期间白洋淀一位叫二梅的女人,带领着一群妇女,为麦收而修路的故事。其中有这样一个段落,修路之前,集合队伍,二梅站在太阳地里,让队伍站在阴凉里,然后有一段对阴凉的描写:"队伍站得整整齐齐,风吹动树枝筛下阳光来,在她们的头上衣服上游动,染成各色各样的花。"这一段描写,非常生动，却看似闲笔，因为和修路无关。为什么要在修路之前增添这样一段和修路无关的景物描写呢？显然，是为了描写这些在后方生产的妇女形象的，是为人物服务的，闲笔就不闲了。没有这样一段描写，不妨碍后面修路的事情，有了这样一段描写，却增加了文章的韵味。那种"染成各色各样的花"的花阴凉儿，无形之中，为这些战争期间的妇女增添一抹美感，对比残酷的战争，尤其显示出女性的格外的柔美，美得坚强。

我立刻想起我的文章中，也有这样的花阴凉儿，就是在食堂前高老师告诉我可以破例准许我进入图书馆自己选书的时候，高老师就是站在树阴下面的。但是，我一笔带过了，只是急于写她告诉我的好消息了，缺少了孙犁先生的那一段闲笔。也就是说，我注意到文章所需要的"实"的东西，而忽略了文章同样需要有的"虚"的部分，便轻而易举地将这个花阴凉儿丢掉了，没有像孙犁先生一样，敏感地捕捉到它，然后让它为文章服务。

于是，我把文章重新改写了一遍，学习孙犁先生的文章，特别增加了两笔，一处是高老师告诉我消息后："我走后忍不住回头，才发现高老师站在一片花阴凉儿里，阳光从树叶间筛下，跳跃在高老师的身上，像闪动着好多颜色的花一样，是那么漂亮。"一处是结尾："分手时，送高老师上了汽车，一直看着汽车跑远，才忽然想到，忘记告诉高老师了，那个从北大荒回来买的和您家一样的书架，一直没舍得丢掉，还跟着我。很多的记忆，都还紧紧地跟着我，就像影子一样，像校园里树叶洒下的花阴凉儿一样。"

前一处，增加了对花阴凉儿的描写，突出了高老师那天是站在花阴凉儿的，为高老师人物描写服务的。后一处，再一次提到花阴凉儿，并把文章的落点落在花阴凉儿上，突出对高老师的感情，同时，也使得花阴凉儿成为一种意象，在文章中前后呼应回环，成为流动的气脉，让文章多少有了一些可以回味的东西。

显然，这要比原来的文章有些进步，我便把文章的题目也改成了《花阴凉儿》。

二

从别人的作品中，学习写人的方法，很重要。

我读了这样几位作家的作品：

意大利作家皮兰德娄的《西西里柠檬》，写的是一位来自家乡西西里的小伙子，风尘仆仆地来到城里看望他的恋人，面对的却是已经把他遗忘而移情别恋的恋人。如何展现这样两个年轻人截然不同的形象呢？靠的是小伙子带来的家乡的西西里柠檬。小伙子离开后，那些柠檬留在了那里。无疑，柠檬成为一种感情的象征物，也成为两个人形象的延伸。

老舍的《热包子》，同样写的是一对年轻人，不过不是恋人的关系，而是已经升级为夫妻。摩擦之后，妻子离家出走半年，丈夫盼望着她归来，妻子归来的那一刻，他跑出家门，旁人问他干吗去，他先是喜欢得说不出话来，然后趴在人家的耳边说了句："我给她买热包子去。"他把个"热"字说得分外真切。买热包子的这个举动，让这个丈夫喜悦的心情和憨厚的形象凸显。

孙犁的《红棉袄》，写的是一个十六岁的农村姑娘。抗战期间，患有打摆子重病的八路军战士，来到她家。家里只有她一个人，她该怎么样面对这突然到来的一切，去照顾瑟瑟发抖、不住呻吟、身子缩拢得越来越小的战士？她脱下自己在这一天早晨才穿上的红棉袄，给战士盖上。如果没有这件红棉袄，光是说她怎么样烧炕取暖，怎么样烧水做饭，怎么样说着关心的话语，还能够有这件红棉袄更突出小姑娘的形象吗？

这样三个例子，可以学到写好一个人物的什么方法呢？我们可以看出，这三篇文章中所用的有一种共同的方法，即集中力量写好和人物密切相关的最关键的一件事。写好人，都离不开事，没有事，人就没法写。关键是，我们要选择什么样的事来写，才能把人写好。

在这里，有两点需要格外注意：

一、这件事，一定不要那么复杂，那么琐碎，要有形象一些的东西作为依托。就像这三篇文章中的那几个被遗忘的西西里柠檬、那几个热包子，和那件新穿在身上的红棉袄。柠檬、热包子、红棉袄，一下子就集中在一个具体的点上。这点，看得见，摸得着，又很小。就容易写。

二、这样富有形象感的事物,一定是在文章最后和人物一起干净利落地出现。它们一出现,文章就戛然而止,不要再拖泥带水,尤其不要我们作文常会出现的升华之类,画蛇添足。

这就像京戏里人物的亮相。舞台上的追光灯聚光在人物的身上,人物所有的光彩凝聚在这一刻之中。给人们留下的印象就深,而且,是定格在那一瞬间。

在关于人物的写作中,我喜欢这样的写法,虽然只是最后的一个亮相,却有着举足轻重的作用,起到事半功倍的效果。所谓动人春色不须多,秤砣虽小压千斤。因此,我常常注意学习这样的方法,看看别人是怎么样运用这样的方法的。有时候,学习是非常重要的,尤其是同学们在最初的写作过程中,有榜样在前,有红模子可描,是非常必要的。写作,害怕想当然,害怕自以为是。

我写《大年初一的饺子》和《清明忆》,就是学习别人方法的结果,所谓变戏法瞒不过筛锣的,其中秘密和奥妙,大家看了就会清爽地晓得了。

《大年初一的饺子》,写的是一位北大荒的木匠,他对我的关爱,表现在最后那些冻饺子上。文章前面所写的一切,包括风雪交加呀,四十里地的天寒地冻呀,他过七星河摔了一跤呀,都是为了最后的饺子的出现。饺子的亮相,就是人物的光彩夺目的亮相。

《清明忆》,写的是我父亲。他对我的感情,表现在最后他帮我重新买回来的那四本书上。同样,文章前面所写的一切,包括我到书店里对那四本书的爱不释手呀，偷偷拿走姐姐寄来的五元钱去买这四本书呀，父亲打我，我把那四本书退掉呀，等等，都是为了最后这四本书的再现。书的再一次亮相，就是父亲情深意切的亮相。

可以明显看出来，我的这两篇文章中都有着前辈们文章的影子。饺子和书，最后的亮相，和皮兰德娄的《西西里柠檬》中那几个被遗忘的柠檬，和老舍的《热包子》里那几个热包子，和孙犁《红棉袄》里那件新穿在身上的红棉袄，其写法和作用是一样的。都是为了让人物最后集中在一个节点上，有一个漂亮而有力的亮相，以此烘托人物的形象。

我觉得这是写人物的一个不错的方法。

当然，写好人物的方法，还有很多。但每一种方法，都需要这样有的放矢的学习，才会有收效。

结尾比开头重要

　　文章的开头，当然会有多种写法。我一直这样认为，如果一时找不到更合适更好的方法，开门见山就是最好最方便的方法。有时候，这不见得就是退而求其次的无奈，而是一种简便易行而且合适的法子，不要不分青红皂白，什么开头都要出奇制胜。人为做作的开头，还不如开门见山，就如同浓妆艳抹，还不如素面朝天。

　　因此，不仅对于初学写作者，即便成熟的作家，开门见山，依然是很好的方法，即不要绕弯兜圈子，说一些云山雾罩的多余的话，就像吃包子，一口咬住馅。

　　文章的开头，如果一时觉得不好处理，就开门见山，不要犹豫。

　　文章的开头和文章的结尾，在我看来，结尾更重要，而且，远比开头重要。要多费一些心思。

俗话说得好：编筐织篓，全在收口。相比结尾，开头可以平地起雷，先声夺人，但大多文章的开头更可以开门见山，平易朴素，不必那么显山显水。结尾却必须得有出彩的地方，即使平易，也必须有一种特别的味道才行。所以，我读文章，写文章，很注意结尾，结尾处理得如何，可以看出一个作者写作的功力。可以这样讲，无论读别人的文章，还是写自己的文章，我一向顽固觉得，结尾比开头重要。

我们来学习几篇文章的结尾，看看人家是怎样写结尾的，自己才能找到写结尾的一些方法。

迟子建的小说《亲亲土豆》，是一篇充满温情的作品。它写了一对种土豆的农民夫妻患难与共、相亲相爱的故事。丈夫对种土豆最是充满感情，连本来没有香味的土豆花，他都能闻出香味来。丈夫偏偏患癌症过早去世了，临去世前从医院里跑出，给妻子买了一件他最喜欢的宝石蓝的软缎旗袍，然后回家到地里收土豆。冬天，丈夫去世了，故事也要结束了。该如何写这个结尾呢？

这确实比较难。一般化地写妻子悲痛，写一看到或吃到土豆的时候就想起丈夫，或索性将丈夫就埋葬在土豆地里，都不是迟子建的选择。冬天墓穴不能挖深，盖在棺木上的只是一点冻土，人们一般都去拉一马车煤渣来盖坟。妻子说丈夫不喜欢煤渣，她装满五麻袋土豆，将土豆倾倒在坟上。

李爱杰上前将土豆一袋袋倒在坟上，只见那些土豆咕噜噜地在坟堆上旋转，最后众志成城地挤靠在一起，使秦山的坟豁然丰满充盈起来。雪后疲惫的阳光挣扎着将触角伸向土豆的间隙，使整座坟洋溢着一股温馨的丰收气息。李爱杰欣慰地看着那座坟，想着银河灿烂的时分，秦山在那里会一眼认出他家的土豆地吗？他还会闻到那股土豆花的特殊香气吗？

　　从夫妻共同劳作共同收获共同喜欢的土豆出发，到用土豆盖坟让丈夫死后在天堂也能看到家里的土豆，闻到土豆的香味，气韵贯穿，一气呵成，是迟子建精心而新颖的设置。小小的土豆，奇妙地用在这里，起到了秤砣虽小压千斤的作用。

　　这还不算完，迟子建意犹未尽，下面在妻子最后一个离开坟地的时候，"坟顶上的一只又圆又胖的土豆从上面坠了下来"，一直滚到妻子的脚下，妻子怜爱地看着这个土豆，轻轻嗔怪着："还跟我的脚呀？"一对夫妻的感情表达得如此细微而别致；一个小小的土豆，被她用到了极致。结尾收得真好。

　　再来读苏联作家帕乌斯托夫斯基的小说《雪》。它用的是另一种方法来收尾。

　　《雪》讲述的是一个海军中尉战后归家的故事。他回家之前，父亲已经去世了，他写给父亲的信，被为躲避空袭租住在他家的来自莫斯科的一位女钢琴家拆开看了。在这封信中，他诉说了自己离家这些年对家的想念,他渴望回到家时,门前小径的雪已经清扫干净,坏掉的门铃重新响起来,那架老钢琴被调试好了音,钢琴上依旧摆着原来的琴谱《黑桃皇后》序曲,烛台上插着他从莫斯科买来的黄蜡烛,他洗脸时还能用那个蓝色罐子装水,用那条印着绿色橡树树叶的亚麻布手巾擦脸……

雪后一个下午,海军中尉回到了家。他所看到的一切,正是写给父亲的信中,自己所渴望的一切。可是,他知道,寄给父亲这封信之前,父亲就已经去世了。所有这一切,都是女钢琴家精心为他做的。

这是一个多么温馨的故事,战争让人们失去了很多,也让人渴望很多,让陌生的人走近彼此,互相慰藉。海军中尉看到这一切时,和我们一样感动。在和女钢琴家告别的时候,女钢琴家对海军中尉说:"我好像在哪里见过你。"中尉说:"我也有这种感觉,可是我不记得了。"然后,女钢琴家送中尉到火车站,把自己的双手伸向他,对他说:"给我来信,我们现在差不多成了亲戚了,是不是?"中尉没有说什么,只是点点头。如果就在这里结尾不是很好吗?充满了未了的情怀和缠绵的余味,给读者留下了想象的空间。

但是,帕乌斯托夫斯基没有在这里收尾,他紧接着还写了一段文字。几天后,女钢琴家收到中尉写给她的一封信,信中表达了对她的感谢,还讲了这样一件事,在战前克里米亚的一座公园梧桐树掩映的小径上,他曾经看到手里举着一本打开的书的年轻姑娘,从自己的身边轻快而迅速地走过。中尉在信里说:"那个姑娘就是你,我不会弄错的。""从那以后,我就一直爱着克里米亚,还爱着那条小径,在那里我只见了你短短一瞬间,以后就永远失去了你。但是,人生是对我仁慈的,我又见到了你!"

小说到这里收尾,也挺好的呀。将过去和现在进行了衔接,人生之巧合,让失之交臂又重新相遇。但是,帕乌斯托夫斯基不愿意用这样落入俗套的巧合结尾,他还是希望能够如生活中发生的事情一样,在平易和平常中发现诗意。他让女钢琴家看完信后喃喃自语:"我的天呀,我从来没有去过克里米亚呀!但是,这又有什么关系呢,难道值得把真情告诉他,让他失望,也让我失望吗?"这样的收尾,让人意外。它留给我们回味的余地更为宽阔。它让我们感受到人与人之间感情的美好与微妙。

小说名为《雪》,但雪的着墨不多。雪的出场,都是在关键时刻,一次是女钢琴家看到中尉写给父亲的那封信的时候,"雪在窗玻璃上映照着暗淡的微光……一只鸟从树上飞开的时候,从树干上带下一点雪。雪如白色的细粉飘扬下来,把窗户蒙上一层白霜"。一次是女钢琴家读完中尉写给她的信之后,她"用蒙眬的眼睛瞩望着窗外白雪掩盖的花园","窗外的夕阳闪着惨淡的光辉,不知怎的,阳光总也不消失"。帕乌斯托夫斯基没有刻意以雪象征什么或说明什么,却让细碎的雪花和雪后的阳光带给我们一种美好纯净的意境。这种意境,在收尾的时候,只是蜻蜓点水,一笔带过,却浓淡适宜,恰到好处。

同《亲亲土豆》相比较,《雪》的结尾,用的不是象征物的凸显,不是细节的舞动,而是情节的变化,以及雪的意境的弥漫。文学作品好的结尾方法有很多,多读,我们会读到更多有意思的方法。好的结尾,弥漫着无限可能的想象空间,像电影结束之前响起了音乐之声,如雾如烟,萦绕不已。

有些文章的结尾,是需要我们格外警惕的,即那种明显是做出来的结尾,是为了结尾而结尾。

最常见的两种,一为了首尾呼应,一为了点题。这在考试的作文中最常见,虽然不佳,却也因此可以最少丢分,甚至可以博得高分。学生的作文结尾中,可以清楚地看到我们今天作文教学的弊端,以致流弊于日后长大的岁月里,在公文写作中,甚至在不少博文中,都可以看到。

这样大同小异的结尾,使得我们的作文特别是考试作文,不少是一无可观,因为这样的结尾常常是人云亦云的套话,是报纸社论的拷贝,是大人用惯的腔调,是思想迎合的扭曲,与同学们内心真实的感受相去甚远,甚至是背道而驰。

但是,仅仅说结尾做出来不好,也不客观,因为文章都是做出来,所以才叫做作文。好的结尾,也可以是做出来的,但那种做,不应该是不动脑筋地千篇一律粗糙的制作和仿作,应该很讲究,如同音乐里的尾声，如同戏剧里的最后一幕。或给人意外，或给人启发，或给人感喟，或给人余味……好的结尾，还应该是千姿百态的，如同花朵的开放，如同百鸟的鸣叫，不同的颜色，不同的声音，各显风情与风格。

  我一直以为，好的结尾，从来不仅仅是做出来的，它最佳的状态，是像一股水流一样，随着文章自身的流动而流动，当行则行，当止则止。这样好的结尾，有时候确实是可遇而不可求的，需要我们努力学习、实践。注重文章结尾的训练，是比文章开头要重要得多。

//
写作就是写回忆

已故的前辈作家汪曾祺先生曾经说过这样的一句话：写作就是写回忆。他说的没错，他自己的很多小说和散文，真的就是写他自己的回忆。其实，不只是作家如此，我们同学自己也是这样的，无论在小学，还是在中学，老师曾经布置的作文题目，很多不是《记一件难忘的事》，就是《回忆你印象最深的一个人》，不都是要求写你自己的回忆吗？

回忆，在写作的实践过程中，为什么是脱离不开的一环，同时又能起到锻炼并提高我们自己写作水平这样重要的作用？我们该如何调动并运用自己的回忆，让其成为我们写作中的财富？这确实是值得探讨的话题。

纳博科夫在谈到自己的写作经验时说过："任何事物都建立在过去和现在的完美结合中，天才的灵感还得加上第三种成分：那就是过去。"纳博科夫说的"过去"，就是过去的岁月里那些属于你自己的回忆。回忆，能够帮助我们联系过去和现在，将遥远的和近在身边的东西连在一起，发生了关系，产生了微妙的化学反应一般，呈现在今天的写作之中。确实如纳博科夫说的那样，现在的一切都是从过去走来的，任何今天存在的事物，都能够在过去中找到影子。所以说，即便是写现在，也是要写过去，现在才会有自己的来龙去脉，有自己的源头和深度。

写回忆，除了用过去照亮现实的作用，还有一点很重要的作用是，写作运用的材料需要沉淀，避免轻飘飘，避免现兑现买，萝卜快了不洗泥，从而夹生不熟。能够复活在回忆中的那些人和事以至细节，一般都是经过了时间的沉淀，才会让我们难忘，经久不息。就像经年陈酿的老酒，味道才会醇厚，才会醉人一样，写作起来，那些人和事以至细节，才会富于感情，而容易感动别人。那些想不起来的，无法进入回忆里面的人和事以至细节，显然，已经被时间的筛子无情地筛下去了。

为了说明回忆在写作中这样两点至关重要的作用，我以《童心比童年更美丽》为例，做一个进一步的说明。

这是一篇纯粹写童年回忆的文章。每个人都有自己的童年，童年的往事，一般都会因其清纯而令人难以忘怀，而常常会成为无论大人还是学生写不尽的源泉。在这样难忘的童年回忆中，一切人和事都水落石出那样的清晰，所以写起来并不费力。可以说，无论成人，还是学生，回忆童年的写作，常常容易写得好一些，选择童年回忆作为自己写作尤其是记叙文的写作，可以事半功倍。

这篇文章，写了三个人，一件事。三个人：大华、小玉和我，小玉的父母只是陪衬。一件事：大华总到小玉家打电话，前面写的大华带我到东单体育场看小玉跑步训练，只是铺垫。在这里呈现的情景和故事，并不复杂，清水见底一般，单纯得可爱。之所以指出这一点，是希望提醒同学们注意，回忆的闸门一打开，有时候会事无巨细，一下子涌来很多人和事，显得斑驳纷纭。对于写作而言，有时候却不需要那么多，不被回忆所裹挟，而能够将回忆删繁就简，迅速而明确地选择其中最动人最简便的那一部分，便显得尤为重要。这是回忆的能力，也是写作的能力，需要格外地学习和锻炼。

无论小玉，还是大华，都是我童年时代的朋友，同住一个大院里，天天耳鬓厮磨在一起，很多事情，当时并不在意，现在回忆起来，却觉得分外有趣，甚至会觉得比当时还清晰，还要能够感动我自己。这就是回忆在沉淀中的作用，时间让过去的人和事发酵，就像当年的葡萄酿成了今天的葡萄酒一样，人和事，还是当年的人和事，却有了不一样的味道。这种味道，落在纸面上，便变成为写作的味道。

游家的油条和电话，小玉的长腿和跑步，大华狗皮膏药一样贴在人家的电话机上的少年懵懂心思，还有我故意捉弄大华的恶作剧……童年的往事，所有的场景和细节，都像沉在水底的鱼儿，被搅动得振鳍掉尾游出了水面，一切显得是那样的清纯可爱，会让我想起前些年看过的那部有名的台湾电影《那些年我们一起追的女孩》。

只是需要注意的是，这些情景和细节，是经过了选择，而不是将回忆到的事情一股脑地都用上，将这些事情如剩饭剩菜一样"折罗"一样，统统罗列在文章中。

回忆中，在时间的发酵过程中，也就是时间帮助我们将回忆沉淀的过程中，过去的人和事，在某种程度上，已经不再是原来的人和事，而是融入了时过境迁之后属于今天我们自己的想象成分。这个成分，或许就是纳博科夫所说的"第三种成分"吧？有了这样的"第三种成分"的加入，文字才会变得灵动而美好，才会使得生活变成了文学。

因为只有在想象中，一切的事物和人物，才会变得更突兀，也才会变得更真实，同时，在写作中变成了我们的财富。所谓距离产生美，这个美，在我看来，就是想象，没有想象，那些沉淀在时间长河里面的人和事以至细节，就没有那么的美。正因为如此，由时间拉开了现在和过去的距离，再用文字呈现成的事物和人物，就不会只是老照片，老照片已经褪色，而在文字中它们和他们被赋予了新鲜的色泽乃至生命。

这就是回忆在写作中沉淀的作用。

再来谈回忆对于现实的反作用力。也就是说，在具体的写作中，回忆对于今天的价值意义，牵扯到文章的主题的点化和深化。一般而言，写回忆，是为了写现实，即使表面看来写的是纯粹的回忆，其实也不会对现实没有一点关照，或总有隐约的一点心情。

这篇文章的最后有一段，写的是童年远逝，几十年过去之后，我和小玉在街头相遇的情景，顺便带出大华的近况。这一段描写很简约，没有展开。但我希望能够用这个简约的场景，和童年的回忆，在不动声色中，做出一个对比。即大华远离北京，小玉的童年当运动员的理想没有实现，而在"文革"中草草嫁人。命运的物是人非，和回忆中清纯的童年，拉开了如此大的距离，不由得让人慨叹，浮世云无定，流年水不还。这种慨叹，是回忆中的童年造成的结果。如果没有童年的回忆，这段描写没有一点意义和力量；如果没有这一段，童年的回忆，便成了单摆浮搁的孤岛。这就是纳博科夫所说的"任何事物都建立在过去和现在的完美结合"，在这样的结合中，过去和现在都有了意义和价值。回忆这个在写作中的"第三种成分"的作用，便会彰显。

好作文是改出来的

一

有句话常说：好文章是改出来的。这话说得极对，可以说世上没有一篇好文章没有经过修改过的，即使再有名的作家，再伟大的人物，也是如此。我们现在看毛泽东主席的诗词原稿，修改过的部分，一清二楚，而且，他还专门请诗人臧克家和郭沫若等人帮助修改。当年，周恩来总理说："主席自己写的文章、诗词，也都是改了多少次嘛。"其著名诗句："四海翻腾云水怒，五洲震荡风雷激"，便是从原句"革命精神翻四海，工农踊跃抽长戟"修改而成的。显然改过的更精彩，更加气魄浑然，可见修改是多么的重要。

我国伟大的文学名著《红楼梦》，也是经过了十年披阅，增删五次。鲁迅先生说过的话："文章写完后，至少看两遍，竭力将可有可无的字、句、段删去，毫不可惜。"如今，更是成为至理名言。

前辈作家孙犁先生写了一辈子文章，晚年时候更加强调修改："越到老年，我越相信，好文章是改出来的这句话。"他说自己："过去文章，都是看两遍，现在则必须看三遍，还是出现差错。原稿上删去的地方很多，证明烦絮话、废话增加了。"

我读中学的时候，语文老师强调作文修改的时候，常常爱举两大例子。一是唐代诗人贾岛的："鸟宿池边树，僧敲月下门"，讲"推敲"一词的来历，教导我们文章修改的重要性。另一是宋代诗人王安石的："春风又绿江南岸"中的"绿"字，是反复修改的结果，教导我们炼字的作用，修改文章的时候，要注意在这样一字一词细微之处下功夫。这大概是关于文章修改历代老师爱用的经久不衰的实例，反复在我们学生的耳边唠叨，几乎磨成老茧。

好的例子，好的教导，不会因时间久远，就会像茶多次续水之后没有了味道一样，而变得没有道理。相反，这些前辈总结出来的经验之谈，足以让今天的我们倍加珍惜，而使我们将这一宝贵传统传承下去。

曾经读过前辈叶圣陶先生修改别人句子的范例，比如："因为恐怕下雨，所以我带着把伞出门。"他改成了："恐怕下雨，我带着把伞出门。"再比如："上海的住旅馆确是一件很困难的事。"

他改成了:"在上海,住旅馆确是一件很困难的事。"可以看出,尽管只是几个字的修改,却让一句话说得更完美,可以看出修改是多么的有必要。他特意指出:"几句几行甚至整篇的修改也无非是要把错的改成对的,或者把差一些的改得更正确,更完美。这样的修改,除了不相信'修辞立其诚'的人,谁肯放过?"

当年,叶嘉莹在顾随先生门下求学,她写了一句诗:"几点流萤上树飞。"顾随先生帮她将"上"字修改为"绕"字。顾随先生在这句诗旁边有一则八个字的小注:"上字太猛,与萤不称。"改得多好,说得多明白,萤火虫那么小,怎么如人或狸猫一样可以上树呢?让它们绕着树飞,多么轻巧,多么活泼,又多么符合真实的情景。这样的修改,可谓一字师。可以看出,这样精心于一字一词的细微修改,是有传统的,有传承的,值得我们好好学习。

我初三时写的一篇作文《一张画像》,自己修改了好几遍,我的语文老师又帮我改了一遍,作文到了前辈叶圣陶先生那里,又帮我从头到尾改了一遍,只要看看修改稿那些红笔改过的密密麻麻的地方,就可以看出叶老先生改得是多么好,多么认真,又是多么重要。

我们做学生的,从小要养成修改作文的好习惯。不能写一篇,扔一篇,像狗熊掰棒子一样。现在学校里一次性作文的教学方法,有很多不足,甚至缺憾,老师不能布置一篇作文题目,让学生写,写完就完了,接着再写下一篇作文。写作文和烙饼一样,不可能只是烙饼的一面，烙一次就想把饼烙熟，总要正反面翻几次，才能把饼烙熟，而且，才不会烙煳。没有经过几次修改的作文，进步不会大，以前写的时候什么毛病，会接着重复出现，以致容易造成恶性循环，形成习惯，很难纠正。

我的孩子，从小学到中学所有的作文，我要求他必须经过修改，才可以交给老师。因此，每一篇都经过他不止一次的修改，中学毕业的时候，光是修改的作文稿，就装了满满一大抽屉。修改作文，就像给小树剪枝打杈，才能让树长直长高。

孩子最初的作文，不可能一步到位，改是必须的。哪些地方重复了，要删掉；哪些地方过于简单了，要补一笔；哪些地方不够生动，要增添个比喻或想象。哪怕这个比喻和想象很简单，也没关系，只要改过，就是好，就有进步。

孩子毕竟还小，修改作文，也不可能一步到位。因此，在帮孩子修改作文的时候，我们做家长和老师的，特别要注意这样两点：

一是不能简单笼统地说作文写得还不够生动，需要再生动一点儿；写得还欠具体，如果再具体一点儿就好了之类的话。我们现在不少语文老师，在批改学生作文的时候，常常爱用这样的批语。这样说太抽象，太笼统，孩子无从下笔修改。一定要指出哪儿写得不生动，怎样才能生动；哪儿写得欠具体，怎样才能具体。比如他说春天花开得很好看，你要告诉他花好看，就不够生动，因为好看这个词抽象，花好看，草好看，鸟也可以好看，衣服还可以好看。你要写出花怎么好看，比如写花笑了，一朵朵绽开了笑脸，尽管很简单，但总是有了一点儿进步，比好看要好一点儿，起码学会拟人了。

二是所提的意见不宜过多，别让孩子烦，产生畏难情绪，没法下笔改。一般指出一点或两点就可以了。而且，要简单，要让孩子觉得很容易修改，比如，我前面说的花好看的例子，要从最简单的开始，一步一步地慢慢来，让孩子觉得不难，修改后，有成就感。孩子再做修改的时候，就会愿意改，就会在一次次修改的过程中，逐步找到方法，找到乐趣，一点点进步。不要企图一口就吃个胖子，一个学期，如果有十篇作文，每篇作文具体修改一个问题，十篇作文，就会修改了十个问题，积少成多，自然慢慢就会有明显的进步。在这样写作文的过程中，形成了修改的好习惯，一辈子受益无穷。

学生修改自己写的作文，是必修课，就是说学生写完作文，必须进行修改，不能没有修改，又进行下一次作文的练习。这一步，是不能省略，不能跳过去的。

指导孩子修改作文，我的做法，主要这样两点，这也应该是我们做家长和老师尤其需要注意的两点：一是肯定这篇作文的长处，让他有信心去修改；一是我前面说过的，即指出其中最重要需要修改的地方，指出一处即可，最多两处，一定不要多，让他好改，觉得不难。

二

我曾经接到一个北京六年级小学生写来的两篇作文，文章都不长，各只有四五百字。

其中一篇：

观鸟

在清明期间，我和爸爸妈妈到郊外爬山。这次的旅程中让我印象最深刻的并不是漫山遍野的绿叶，也不是金碧辉煌的佛塔，而是一只灰不溜秋的小鸟。在下山时，我一路跑在爸爸妈妈前面。在经过一片松林的时候，我突然听见一声鸟鸣，那声音好像有人在用竹笛吹奏美妙的乐曲。

"能唱出这么美妙歌声的鸟儿，长得一定很漂亮！"我一边自言自语，一边期待地拿出了一个望远镜。我用望远镜一会儿向左看，一会儿又向右看，可直到把头转晕，也没有看到那只鸟儿。我差点气得把望远镜扔在地上：我一路上辛辛苦苦背着你，你却在关键时刻掉链子！

这时，爸爸妈妈来了。爸爸一把拿过望远镜，对我说："望远镜可不是这么用的，你要先用肉眼找到鸟儿的大概位置，然后再用望远镜去观察它。"我将信将疑地按照爸爸的话去做。啊，我用肉眼看到鸟儿了！诶，用望远镜看怎么就不见了呢？我垂头丧气地对爸爸说："爸爸，我用望远镜看怎么还是看不到它啊?""你可以选周围一个特殊物体作参照。"爸爸回答道。我恍然大悟,于是选了鸟旁边一丛非常显眼的桃花作参照物。我用望远镜仔细搜索着桃花周围的区域,终于用望远镜看到了鸟儿。

当我清晰地看到那灰色的小鸟圆滚滚的身子和脸上的白斑时,我高兴地跳了起来!这只看上去毫不起眼的小鸟,却给我带来了无尽的快乐。它那欢快的啼叫,伴随着我朝山下轻快地走去。

这篇作文围绕着怎么样用望远镜看鸟这样一件事来写,写得干净集中,而且层次清楚:开始不会用望远镜,看不见鸟;爸爸教自己用望远镜,还是看不见鸟;最后会用望远镜,终于看见了鸟。三段式,呈递进关系,层次清楚,节奏明确。这是这篇作文的优点。

我只给他提了一点建议:文章最后一段,他写道:"这只看上去毫不起眼的小鸟,却给我带来了无尽的快乐。"把笔落在小鸟的身上。实际上,并不仅仅是小鸟带给他快乐,还有望远镜。这篇作文重点写的是如何学会使用望远镜。他忘记了帮助他看见了这只可爱小鸟的望远镜。如果没有学会使用望远镜,他就看不清鸟,也就不会有这样的快乐。因此,需要加上一笔,除了这只小鸟,还有这个望远镜,带给我无尽的快乐!小鸟欢快的啼叫声,伴随着我背着望远镜,朝山下轻快地走去。

是不是这样更好些？

再看另一篇：

立春

　　立春，是我国二十四节气中的第一个节气，也是我国一个历史悠久的节日。立春的一个重要习俗就是吃春饼了。春饼和北京的著名美食——烤鸭有些相似。它是用面饼裹着菜和肉卷起来的吃食，里面刷着甜面酱，还有各种食材：肉有猪头肉，菜有黄瓜、小葱、胡萝卜、豆芽、金针菇等。只要能卷进面饼里的食材，都可以尽情地放进去。它们可以随意搭配，吃起来也有各种各样的口味。

　　在我家立春还有着特殊的含义。听爷爷说，在1986年立春这天，爷爷带着全家离开了生活了十八年的唐山，回到了他的故乡北京。这样，爸爸才考上大学，和妈妈结婚，从而有了我。这样，立春就成为我家最重要的节日，每年立春，我们都要全家团聚，庆祝这个日子。今年立春，爷爷在家宴上与爸爸对饮三杯，随后诗兴大发，赋诗一首：寒梅喜迎春，一日扭乾坤。征途存险阻，道路多迷云。付出流血汗，收获享天伦。日月如何变，立春铭记心。

　　立春，象征着寒冷的日子已经过去，万物即将复苏。它承载着中华民族的传统，也承载着我家幸福的回忆。

这篇作文中心写立春这节气对于他们一家的特殊意义。这个意义并不在于民俗，而在于立春这个节气所带有冬去春来的时代明喻。他在文章结尾说得非常明确，非常好。因此，第一段写立春吃春饼的民俗，与这一天他家的特殊意义，不完全搭架，有些隔离，可以缩写，或完全不写。如果要写，最好调整一下，把它放在第二段"每年立春，我们都要全家团聚，庆祝这个日子"之后来写，让它成为庆祝的内容之一，使得庆祝的场面更充实，更具体，让立春这一天所体现的民俗，和他家在这一天特殊的意义，相互交融，春饼里所包含着的各种东西，也就吃得更加滋味别出。这样来写，不仅让文章更集中，也增加了春饼的意味，让这一天全家团聚的内容更具体，更形象。

一定要养成改作文的好习惯，一定要相信，好作文是改出来的。你改得越认真，越仔细，次数越多，你的写作进步就一定会更快，更大！

图书在版编目（CIP）数据

世间是一部活书／肖复兴著.—成都：天地出版社，2024.6（2024.7重印）
ISBN 978-7-5455-8150-8

Ⅰ.①世… Ⅱ.①肖… Ⅲ.①文学写作学 Ⅳ.①I04

中国版本图书馆CIP数据核字（2024）第022669号

SHIJIAN SHI YI BU HUO SHU
世间是一部活书

出 品 人	杨　政
作　者	肖复兴
责任编辑	杨永龙　孙若琦
责任校对	杨金原
装帧设计	马仕睿
内文排版	挺有文化
责任印制	王学锋

出版发行	天地出版社
	（成都市锦江区三色路238号 邮政编码：610023）
	（北京市方庄芳群园3区3号 邮政编码：100078）
网　　址	http://www.tiandiph.com
电子邮箱	tianditg@163.com
经　　销	新华文轩出版传媒股份有限公司

印　　刷	北京文昌阁彩色印刷有限责任公司
版　　次	2024年6月第1版
印　　次	2024年7月第2次印刷
开　　本	880mm×1230mm　1/32
印　　张	8.25
字　　数	169千字
定　　价	58.00元
书　　号	ISBN 978-7-5455-8150-8

版权所有◆违者必究

咨询电话：（028）86361282（总编室）
购书热线：（010）67693207（营销中心）

如有印装错误，请与本社联系调换。